EL ALCALDE
DE ZALAMEA

LITERATURA

ESPASA CALPE

CALDERÓN DE LA BARCA

EL ALCALDE DE ZALAMEA

Edición
José María Ruano de la Haza

COLECCIÓN AUSTRAL

ESPASA CALPE

Primera edición: 15 - VI - 1988
Segunda edición: 16 - X - 1989

© *Espasa-Calpe, S. A., Madrid, 1988*

—

Maqueta de cubierta: Enric Satué

—

Depósito legal: M. 34.236 — 1989
ISBN 84 — 239 — 1850 — 5

Impreso en España
Printed in Spain

Talleres gráficos de la Editorial Espasa-Calpe, S. A.
Carretera de Irún, km. 12,200. 28049 Madrid

ÍNDICE

INTRODUCCIÓN de José María Ruano de la
Haza   9

  Nota biográfica   9
  Los teatros madrileños en la primera mitad
    del siglo XVII   10
  Estructura de la comedia   17
  El personaje de Pedro Crespo   23
  Otros personajes   40
  Significado de *El Alcalde de Zalamea* . . .   52

BIBLIOGRAFÍA   59

EL ALCALDE DE ZALAMEA   69

  Jornada primera   71
  Jornada segunda   107
  Jornada tercera   143

INTRODUCCIÓN

NOTA BIOGRÁFICA

Pedro Calderón de la Barca nació en Madrid el 17 de enero de 1600. Descendiente de familia montañesa, fue hijo de Diego Calderón de la Barca y de Ana María de Henao. Su madre murió cuando él tenía diez años, y su padre cinco años más tarde. Su padre era secretario del Consejo y Contaduría Mayor de Hacienda, y su madre descendía de una familia flamenca. Pedro fue educado en el Colegio Imperial de los Jesuitas; en 1614 pasó a Alcalá de Henares para empezar sus estudios eclesiásticos y al año siguiente a la Universidad de Salamanca de donde obtuvo el título de Bachiller en Cánones en 1620. Ese mismo año participa en el certamen que se celebra en Madrid con motivo de la beatificación de Isidro Labrador y su contribución es elogiada nada menos que por Lope de Vega. Su primera comedia fue probablemente *Amor, honor y poder,* que puede ser fechada en 1623. En 1629 escribe y estrena tres de sus piezas más famosas, *El príncipe constante, La dama*

duende y *Casa con dos puertas mala es de guardar.*
Pero las obras maestras de su primer período como
escritor las compone a mediados de la década de los
años treinta, cuando se representaron *La vida es
sueño; El médico de su honra; A secreto agravio,
secreta venganza; El mágico prodigioso* y la fiesta
mitológica *El mayor encanto, amor,* escrita para cele-
brar la inauguración del palacio del Buen Retiro. En
1636 le fue concedido el hábito de Santiago y en 1640
tomó parte en la guerra de Cataluña, durante la cual
se distinguió por su valor. En 1651 se ordena de
sacerdote y en 1653 es nombrado capellán de los
Reyes Nuevos de Toledo. Después de esta última
fecha se supone que no escribió más comedias para
los teatros comerciales, aunque ahora se sabe que si
no compuso comedias nuevas por lo menos retocó y
revisó algunas antiguas. Después de 1651 Calderón se
dedica casi exclusivamente a la composición de autos
sacramentales para la fiesta del Corpus en Madrid, y
de fiestas mitológicas para el palacio real. Su última
obra, *Hado y divisa de Leonido y Marfisa,* fue representada en palacio en 1680. Su muerte acaeció el
25 de mayo de 1680, interrumpiendo la composición
del último auto que le fue encargado para la fiesta del
Corpus, *La divina Filotea.*

LOS TEATROS MADRILEÑOS EN LA PRIMERA
MITAD DEL SIGLO XVII

No se conoce con certeza la fecha de composición
de EL ALCALDE DE ZALAMEA. Según Varey y Shergold, una obra con ese título fue representada por la
compañía de Antonio de Prado el 12 de mayo de

1636 [1], pero se trata casi con seguridad del drama de Lope de Vega, fuente de EL ALCALDE DE ZALAMEA calderoniano. La mayoría de los críticos opina que Calderón «refundió» la obra de Lope entre 1640 y 1642. Una fecha de composición después de 1644 parece improbable, ya que el fondo histórico del drama trata de la anexión de Portugal por Felipe II y ese tema hubiese sido considerado de mal gusto en 1644 cuando Portugal había conseguido de facto su independencia de la corona española.

Durante todo el siglo XVII y parte del XVIII Madrid contaba con dos teatros públicos que representaban comedias diariamente, excepto en algunas fiestas religiosas y durante los cuarenta días de Cuaresma, que era tradicionalmente el período de descanso de los cómicos. Los dos teatros o «corrales», como eran llamados en los documentos de la época, estaban situados muy cerca el uno del otro. El Corral de la Cruz, construido en 1579, se encontraba en la calle del mismo nombre, casi colindante con la Plazuela del Ángel. El Corral del Príncipe, abierto al público en 1583, ocupaba el lugar en la plaza de Santa Ana donde hoy se levanta el Teatro Español.

Los dos teatros eran estructuralmente muy parecidos. Consistían en un solar más o menos rectangular abierto al aire libre y bordeado en tres de sus lados por viviendas. Para cerrar el solar a la calle se construyeron en su cuarto costado unos edificios de dos y luego tres pisos que contenían palcos para el público, para los concejales de la villa de Madrid y para las mujeres. Los hombres veían el espectáculo o

---

[1] N. D. Shergold y J. E. Varey, «Some Early Calderón Dates», en *Bulletin of Hispanic Studies,* 38 (1961), págs. 275-276.

de pie en medio del patio o sentados en bancos y taburetes colocados sobre gradas a ambos lados del patio. Detrás y encima de las gradas se abrieron en las paredes de las casas colindantes algunas ventanas y balcones, llamados aposentos, desde donde las familias más acomodadas podían ver la función con cierto aislamiento. En el tercer piso de estas casas, en los desvanes, se formaron por medio de unas particiones de madera una serie de pequeños palcos, que eran utilizados por un público menos selecto.

El tablado del escenario, rodeado en tres de sus lados por público, no tenía bastidores ni embocadura, y, por tanto, tampoco contaba con telón de boca. Todas las entradas y salidas de los actores tenían que efectuarse por el foro, en la parte posterior del cual se encontraba el vestuario femenino. Encima de este vestuario, que ocupaba todo el ancho del tablado, había dos balcones corridos, uno encima del otro. El vestuario femenino, conocido como el «espacio de las apariencias», podía utilizarse para mostrar al público los decorados (de jardines, cuevas, dormitorios, salones de trono, etc.) y accesorios escénicos, tales como sillas y mesas, que necesitara la obra en cuestión. Los balcones o corredores también se utilizaban con este objetivo, pero con menos frecuencia que el «espacio de las apariencias». La estructura de madera al fondo del escenario, formada por el vestuario femenino y los dos balcones o corredores, era llamada en los documentos contemporáneos y en los manuscritos de piezas teatrales la «fachada del teatro». Cada uno de los tres pisos o niveles de la fachada del teatro tenía sus cortinas, las cuales servían no sólo para ocultar el vestuario de las mujeres, sino también para revelar a los ojos del público los decorados o accesorios escénicos que se necesitaran para la escenificación de la pieza. Los actores hacían sus entradas y salidas por detrás de estas cortinas del foro.

La puesta en escena de una comedia del siglo XVII no tiene, por tanto, muchos puntos de contacto con el típico montaje de una obra teatral moderna. La diferencia básica estriba en la ausencia de un telón de boca. Sin este telón no hay división entre público y actores. En el teatro moderno el público es simplemente espectador, una especie de *voyeur* privilegiado de lo que está pasando en escena. En el teatro del siglo XVII el público, sobre todo el de a pie y el que se sentaba en las gradas a los dos lados del escenario, era partícipe de la obra. Cuando el Nuño de EL ALCALDE DE ZALAMEA hace sus comentarios jocosos sobre don Mendo el actor seguramente se estaba dirigiendo al público tanto como al actor que hacía el papel del hidalgo.

La segunda diferencia básica, resultado también de la ausencia de un telón de boca, es que en el teatro del siglo XVII no se podían utilizar decorados realistas. Todo decorado que se quisiera mostrar al público, y muchas obras requerían decorados muy elaborados, tenía que ser erigido detrás de las cortinas al fondo del tablado. Su función, por tanto, era más bien de telón de fondo. El espectador que viese en uno de los espacios al fondo del tablado unas cuantas macetas o ramas o un bastidor con un jardín pintado había de imaginarse que la acción que se desarrollaba sobre las tablas tenía lugar en un jardín. El diálogo de los personajes ayudaba, claro, a crear la ilusión de un jardín, ya que ellos, como hacen don Lope y Pedro Crespo en EL ALCALDE, hacían continuas referencias a objetos que no podían mostrarse en el «espacio de las apariencias»: Crespo en la segunda jornada de EL ALCALDE se refiere a parras, copas de árboles y una fuente, pero es casi seguro que ninguno de estos objetos estuviera representado en el «espacio de las apariencias», a no ser que aparecieran pintados en un bastidor.

Pero incluso cuando se mostraban objetos o pinturas en el «espacio de las apariencias» el efecto que se deseaba conseguir no era realista. Estos decorados tenían un valor iconográfico, en el sentido de que establecían una relación analógica y convencional con los objetos o lugares que estaban destinados a representar. También poseían una función sinecdótica, en el sentido de que designaban un todo (un jardín) con una de sus partes (unas ramas o macetas).

Una tercera diferencia básica con un típico montaje moderno concierne a la despreocupación que sentían poetas, actores y público hacia ese tratamiento realista del espacio escénico que distingue la mayor parte de las piezas del teatro moderno, lo cual resultaba en lo que he llamado en otro lugar «la subversión de las relaciones espaciales por motivos dramáticos»[2]. La primera jornada de EL ALCALDE ofrece un buen ejemplo de este uso flexible del espacio escénico. Sin casi pausa alguna en el transcurso de la acción la escena se transforma gradualmente de una carretera a las afueras de Zalamea en la calle donde está situada la casa de Pedro Crespo y poco más tarde en una de las habitaciones interiores de esta casa.

La puesta en escena de EL ALCALDE DE ZALAMEA no debió dar muchos quebraderos de cabeza al «tra-

---

[2] «The Staging of Calderón's *La vida es sueño* and *La dama duende*», en *Bulletin of Hispanic Studies,* 64 (1987), págs. 51-63

cista» que la ideó. Comparada con otras obras del mismo Calderón y de muchos de sus contemporáneos, su montaje es bastante elemental. La primera jornada necesita solamente una ventana; la segunda, unas sillas, una mesa y un banquillo; y la tercera, un «árbol» y una silla. Existe la posibilidad de que en la segunda jornada, durante la cena que Crespo ofrece a don Lope, hubiese un decorado de jardín en el «espacio de las apariencias», pero como no es absolutamente indispensable no podemos estar seguros de que se utilizara.

La ventana a que se asoman Isabel e Inés en la primera jornada era desde los tiempos de Juan de la Cueva uno de los accesorios escénicos más populares y comunes en los escenarios españoles. Se utilizan una o más ventanas en, por ejemplo, *El castigo del penséque* y *Amar por razón de estado,* de Tirso de Molina; *La burladora burlada,* de Ricardo de Turia; *Pobre honrado,* de Guillén de Castro; y *Amar sin saber a quién,* de Lope. Seguramente se trataba de un bastidor con rejas colocado sobre la barandilla del primer balcón. Antes de que aparecieran Isabel e Inés asomadas a esta ventana, el bastidor estaría oculto a los ojos del público por la cortina del balcón, la cual se correría desde dentro momentos antes de que salieran y se cerraría también desde dentro al desaparecer las dos muchachas de escena.

Las sillas donde se sientan Crespo, don Lope e Isabel en la segunda jornada podrían haber sido sacadas sin dificultad desde detrás de la cortina del vestuario femenino, mientras que la mesa la trae el mismo Juan, como indica la correspondiente acotación. El problema de volver a sacar estas sillas y esta mesa del escenario de una manera natural, lo solucio-

na Calderón ingeniosamente haciendo que el indigna-
do don Lope arroje la mesa al oír la serenata de los
soldados y que Pedro Crespo lo imite arrojando a su
vez su silla. Mesa y silla caerían al ser arrojadas
detrás de las cortinas del vestuario. Las otras sillas,
donde se han sentado don Lope e Isabel, seguramente serían sacadas por Juan al final de esa misma
escena. Poco antes de concluir esta jornada, Crespo
pide a Inés que le saque un asiento. Inés sacaría un
banquillo de detrás de la cortina del vestuario, el cual
quedaría en escena hasta el final de la jornada,
cuando un mozo de teatro lo entraría en el vestuario.

La tercera jornada exige dos «descubrimientos»:
Pedro Crespo atado a un árbol y el Capitán muerto
sobre una silla. Ambos descubrimientos se efec-
tuarían abriendo las cortinas del nivel inferior. Los
árboles se utilizaban con harta frecuencia en los
escenarios del siglo XVII. En *La hermosura aborreci-
da,* de Lope de Vega, debe aparecer un olmo en el
escenario y en *La mujer que manda en casa,* de Tirso,
el profeta Elías apoya su cabeza sobre un enebro.
Seguramente se trataba de uno de los postes que
soportaban el balcón, adornado con ramas. Para
descubrir el «árbol» se correrían las cortinas a ambos
lados del poste lo suficiente para revelarlo a los ojos
del público. El otro descubrimiento es también bastante convencional y no presentaría ninguna dificultad. El Capitán, adecuadamente maquillado, sería
«descubierto» en la tercera jornada detrás de la
cortina del vestuario agarrotado sobre una silla.

ESTRUCTURA DE LA COMEDIA

Los dramaturgos del Siglo de Oro español dividían sus obras en jornadas y en cuadros, aunque este último término no fuera precisamente el que ellos utilizaran. La división en escenas impuesta sobre estas obras en algunas ediciones modernas es una invención del siglo XIX que sólo tienen utilidad para el actor. La división en cuadros nunca fue incorporada en las primeras ediciones impresas de comedias del siglo XVII y por esta razón ha caído en desuso, pero su importancia para los dramaturgos auriseculares queda claramente de manifiesto en los manuscritos que han sobrevivido. En sus manuscritos ológrafos, por ejemplo, Lope de Vega trazaba una línea horizontal para marcar el final de un cuadro y el comienzo de otro. Cuando más de tres dramaturgos colaboraban en la composición de una pieza, por ejemplo, *Algunas hazañas de las muchas de Don García Hurtado de Mendoza, marqués de Cañete* (Madrid, Diego Flamenco, 1622), se repartían entre sí no las jornadas, sino los cuadros de que estaba compuesta.

Un cuadro puede definirse como una acción escénica ininterrumpida que tiene lugar en un espacio y tiempo determinados. El final de un cuadro se indica generalmente con la acotación *Vanse* o *Vanse todos,* que anuncia que el escenario debe quedar vacío durante unos segundos. El comienzo de un cuadro se señala, por el contrario, con la entrada de unos personajes y, a menudo, en la práctica escénica, por el descorrimiento de una de las cortinas del foro para revelar un decorado.

Por su casi escasez total de decorados el número de

cuadros de que se compone EL ALCALDE no es tan fácil de determinar como el de otras piezas del siglo XVII. Casi toda la acción de EL ALCALDE, con la excepción quizá de la escena de la cena de don Lope de Figueroa en la segunda jornada, se desarrollaría delante de las cortinas cerradas al fondo del escenario. Los cambios de lugar y tiempo serían comunicados al público casi exclusivamente por las palabras de los actores y por el uso de los pocos objetos escénicos (mesas, sillas, banquillo) que hemos mencionado arriba. A pesar de esto, podemos tentativamente dividir EL ALCALDE DE ZALAMEA como se indica a continuación.

Jornada Primera: Esta jornada se desarrolla en tres lugares diferentes: la carretera que conduce a Zalamea, la calle donde se encuentra la casa de Pedro Crespo, y la habitación superior de la casa, donde se esconde Isabel. Excepcionalmente, sin embargo, como no hay interrupción en el tiempo en que transcurre esta acción, ni se necesita decorado alguno con excepción de la ventana de Isabel, esta primera jornada podría haberse representado como si tuviese solamente un cuadro. El único momento en toda la jornada en que el escenario queda vacío momentáneamente es poco antes de que Rebolledo, seguido por el Capitán, entre en el cuarto donde se esconde Isabel, pero esta interrupción sólo sirve para indicar el segundo cambio de lugar en la acción de este cuadro. El primer cambio, de la carretera que lleva a Zalamea a la calle de Pedro Crespo, sucede imperceptiblemente, sin que el escenario quede vacío un solo momento. Como ya hemos observado, esta flexibilidad en el uso del escenario es típica del teatro del siglo XVII y era posible gracias a la indiferencia que público y profesionales sentían hacia los efectos de lo que luego se denominaría el teatro realista.

Esta primera jornada, pues, tiene mucho de cinemática. Al comienzo de ella vemos a los soldados caminando hacia Zalamea, uno de ellos anuncia que ve su campanario. Poco después el Capitán y el Sargento ven entrar por el otro lado del escenario a don Mendo y a Nuño, con lo cual se indica que ya están frente a la casa de Crespo. La salida de Isabel e Inés a la ventana de su casa transforma el fondo del teatro en la fachada de la casa de Crespo. La acción transcurre sin interrupciones frente a esta fachada hasta que el Capitán y Rebolledo suben al cuarto de Isabel. Aquí hay un cambio de lugar, pero no hay lapso temporal, ya que el tiempo que tardan el Capitán y Rebolledo en subir de la calle al cuarto de Isabel es precisamente el que ocupa el diálogo que sostienen Chispa, Crespo y Juan sobre el tablado. Para cuando estos tres personajes «*Éntranse*» Rebolledo ya ha tenido tiempo de llegar al piso alto, y, efectivamente, en ese momento aparece en escena junto con las moradoras del cuarto, Isabel e Inés.

Como vemos, el único cuadro de esta jornada nos conduce de una manera lineal e ininterrumpida desde la carretera abierta al aire libre que conduce a Zalamea hasta el cuarto recóndito donde se esconde Isabel. Este movimiento inexorable que trae la discordia desde el exterior hasta lo más interior de la casa de Crespo distingue a esta primera jornada de las otras dos.

Jornada Segunda: La segunda jornada está dividida en cinco cuadros. El primero se desarrolla en un lugar indeterminado de Zalamea y termina con la salida de Chispa y Rebolledo de escena, dejando el tablado vacío. El segundo tiene lugar en el jardín de Crespo, y puede que comenzara con la apertura de la cortina del foro para revelar un decorado de jardín. El tercer cuadro tiene lugar en la calle frente a la fachada de la casa de Crespo y se inicia con la entrada en escena del Capitán, el Sargento, Chispa y Rebolledo con guitarras, y los soldados. Entre el tercer y cuarto cuadro han transcurrido algunas horas. El tercero acaba de noche, después de la cena, y el cuarto tiene lugar al atardecer del día siguiente. El cuarto cuadro se desarrolla en un lugar indeterminado de Zalamea y, como el primero, termina con la salida de Chispa y Rebolledo, después de un corto diálogo. El quinto y último cuadro de esta jornada tiene lugar al anochecer, frente a la casa de Pedro Crespo; esto es, en el mismo lugar que el tercer cuadro.

Como ya vimos, la acción de la primera jornada era lineal e ininterrumpida, a pesar de los tres cambios de lugar. La acción de esta segunda se desarrolla, por el contrario, en veinticuatro horas casi exactas, desde el anochecer de un día (anunciado por don Mendo al comienzo del acto: «ya tiende / la noche sus sombras negras») hasta la noche del día siguiente (Isabel, refiriéndose a su hermano Juan, dice: «Que de noche haya salido, / me pesa a mí»). La acción de esta segunda jornada produce un efecto de contrapunto, que desarrolla el conflicto entre los dos grupos de personajes en dos movimientos. El primero, cuadros I-III, ocupa la primera noche. En los cuadros I y III nos encontramos con los antagonistas, los personajes que quieren destrozar la paz de Crespo y su familia: don Mendo, el Capitán, el Sargento, Chispa y Rebolledo. En el segundo presenciamos una escena de amistad, cortesía y devoción filial, que contrasta poderosamente con la desarmonía de la música y cantos de los comparsas del Capitán que se oyen fuera de escena. El segundo movimiento, cuadros IV-V, tiene lugar a la noche siguiente y una vez más presenta el contraste entre protagonistas y antagonistas. El cuadro IV pertenece por completo a los antagonistas que están urdiendo el secuestro de Isabel; y en el quinto nos encontramos de nuevo con una escena de armonía familiar y de cortesía exquisita, interrumpida al final por el brutal rapto de la hija de Crespo.

Tercera Jornada: Dividida en cuatro cuadros, esta jornada empieza al amanecer del día siguiente y se desarrolla en unas cuantas horas durante esa misma mañana. El primer cuadro tiene lugar en el monte donde ha sido violada Isabel y donde está atado Crespo a una encina y concluye con su nombramiento como alcalde de Zalamea. El segundo se desarrolla en un lugar indeterminado de Zalamea y presenta a Crespo en sus funciones de juez, primero con el Capitán y luego con Chispa y Rebolledo. El tercero ocurre en la casa de Crespo, quien ya está resuelto a ajusticiar al Capitán, a pesar de las amenazas de don Lope de Figueroa, y el cuarto tiene lugar seguramente en la plaza de Zalamea, junto a la cárcel donde está encerrado el Capitán. Como vemos, los cuatro cuadros de esta jornada siguen un movimiento espacial diferente de los otros dos: del monte (símbolo del deshonor de Crespo), al interior de su casa donde trata de defender su honor, a la plaza pública de Zalamea donde adquiere un honor moral refrendado públicamente por Felipe II.

Cada jornada de EL ALCALDE DE ZALAMEA tiene,

pues, un ritmo diferente, que está determinado por el número y longitud de los cuadros que contiene. La primera se desarrolla de manera bastante sosegada y solamente adquiere velocidad y urgencia hacia el final, cuando el Capitán utiliza su subterfugio para ver a Isabel. La segunda oscila entre el interior y el exterior de la casa de Crespo, con un típico ritmo de película de suspense: de los depredadores a las víctimas y vuelta a los depredadores. La tercera marca la senda trágica que ha de caminar Crespo del deshonor social al honor moral por medio de la justicia natural. El primer cuadro de esta última jornada presenta un Crespo deshonrado socialmente; el segundo un Crespo que aplica la justicia a costa de su deshonra pública; y el tercero un Crespo honrado moralmente por el representante de Dios en la tierra, el rey Felipe II.

Como ya indicó hace tiempo Premraj Halkhoree, la acción de EL ALCALDE DE ZALAMEA transcurre en cuatro días[3]. La primera jornada empieza en la tarde del primer día («DON MENDO: pues han dado las tres / cálzome palillo y guantes») y concluye con don Lope de Figueroa pidiendo una cama para dormir, dando la impresión de que ya es de noche. La segunda jornada se desarrolla, como ya vimos, en dos días, pero casi toda la acción que presenciamos en escena tiene lugar durante la noche (al comienzo de su primer cuadro, dice don Mendo: «pues ya tiende / la noche sus sombras negras...» y al inicio del cuarto el Capitán ordena al Sargento que «vaya marchando / antes que decline el día»). La última jornada

---

[3] Premraj Halkhoree, «The Four Days of *El alcalde de Zalamea*», en *Romanistisches Jahrbuch,* 22 (1971), págs. 284-296.

empieza al amanecer y termina unas horas después al mediodía del cuarto día. El efecto psicológico que Calderón crea en el espectador es, por consiguiente, que toda la obra se desarrolla en menos de veinticuatro horas, ya que la primera jornada empieza en la tarde de un día, la segunda tiene lugar durante la noche, y la tercera concluye al mediodía. Este movimiento duplica, según Halkhoree, el progreso moral de Crespo, del honor social pasando por el deshonor (simbolizado por la oscuridad) al honor moral que le confiere Felipe II cuando el sol está en su cenit.

EL PERSONAJE DE PEDRO CRESPO

La estructura de la obra, trazada en el apartado anterior, indica bien claramente que el verdadero protagonista de este drama calderoniano es Pedro Crespo. El carácter de Pedro Crespo es un carácter dinámico, contradictorio, de gran complejidad, que cambia continuamente y se desarrolla según avanza la acción. Es uno de los grandes personajes que ha creado nuestro teatro del Siglo de Oro. Y, sin embargo, Calderón ha tomado este personaje multivalente, ambiguo y humanísimo del folclore tradicional, con claros antecedentes literarios. El alcalde del *Pedro de Urdemalas* de Cervantes se llamaba Crespo, aunque su nombre de pila no fuera Pedro, quizá porque ese nombre estuviera reservado para el protagonista epónimo de esa comedia. El personaje tradicional de Pedro Crespo es, en la mayoría de las versiones conocidas, un personaje cómico. Mateo Alemán en su *Guzmán de Alfarache* se refiere a un Pero Crespo, alcalde, tan astuto y audaz que sería capaz de «traer los oidores de la oreja»[4].

Antes de que el Pedro Crespo calderoniano entre en escena el espectador ya ha oído una descripción de su carácter. En la primera jornada, el Sargento dice al Capitán que va a ser alojado

> En la casa de un villano
> que el hombre más rico es
> del lugar, de quien después
> he oído que es el más vano
> hombre del mundo, y que tiene
> más pompa y más presunción
> que un infante de León.

Aunque estas palabras son dichas por un personaje que no nos merecerá mucho respeto, ahora, al oírlas por primera vez, el espectador no tiene por qué dudar de su veracidad. Poco después el Sargento se nos mostrará como el alcahuete del Capitán, y esto desvirtuará su opinión sobre Pedro Crespo en la mente del espectador perspicaz. Pero la mayoría de los espectadores contemporáneos, que conocían bien al personaje tradicional del villano malicioso y astuto de ese mismo nombre, no tenían por qué poner en tela de juicio esta primera declaración del Sargento. Su opinión, además, parece recibir confirmación en la siguiente escena entre don Mendo y Nuño. Los comentarios despectivos de aquél sobre Crespo no tendrían mucho efecto sobre el espectador, ya que don Mendo aparece desde el comienzo como émulo de dos personajes cómicos conocidísimos del público

---

[4]   Parte I, libro I, capítulo I, pág. 120 de la edición de Francisco Rico (Barcelona, Planeta, 1983).

de la época: don Quijote y el hidalgo empobrecido del tercer tratado del *Lazarillo de Tormes*. Pero Nuño es diferente. Nuño, como buen gracioso de la comedia, habla con el sentido común del espectador medio de los corrales; sus opiniones debían ser compartidas por el público en general. Y él da a entender que la ambición de Pedro Crespo es hacer nobles a sus nietos. Al sugerirle a don Mendo que pida la mano de Isabel a Crespo, Nuño explica que ésta sería la mejor solución:

> Pues con eso tú y su padre
> remediaréis de una vez
> entrambas necesidades;
> tú comerás, y él hará
> hidalgos sus nietos.

Antes, pues, de la entrada de Crespo en escena el espectador ya ha formado una impresión desfavorable del protagonista de este drama calderoniano: basado en un personaje tradicional, astuto y malicioso, las únicas opiniones que el espectador ha oído sobre él lo presentan como vanidoso, orgulloso y deseoso de convertir a sus nietos en hidalgos. Nada más entrar Crespo en escena, don Mendo, para remachar la opinión que el público tiene ya formada sobre él, le llama «villano malicioso».

Las primeras palabras del mismo Crespo parecen confirmar también lo dicho por los otros personajes: sus sospechas sobre don Mendo, sus amenazas, todo parece insinuar que Crespo es un villano con un exagerado sentido del honor, una especie de Gaseno de *El burlador de Sevilla* de Tirso de Molina. Pronto, sin embargo, el espectador se ve obligado a cambiar

de parecer. Cuando durante su primer discurso (el
que comienza con «De las eras»), Crespo, aludiendo
al aventamiento de los granos de trigo en la era dice
que «aun allí lo más humilde / da el lugar a lo más
grave», está exponiendo una filosofía de la vida a la
que permanecerá constante durante toda la obra, y
que se asemeja a la de ese otro villano rico protagonista del *Peribáñez* de Lope de Vega. Crespo es
orgulloso, pero no porque se crea superior a los
nobles, o porque quiera convertirse en noble; él está
orgulloso de su dignidad como ser humano, refrenda-
da por la opinión popular. Poco después dice a su
hijo:

> Dos cosas no has de hacer nunca:
> no ofrecer lo que no sabes
> que has de cumplir, ni jugar
> más de lo que está delante;
> porque, si por accidente
> falta, tu opinión no falte.

Nada hay de reprensible en esta actitud, que implica que la opinión popular es un barómetro que ayuda
a caminar sin torcerse por la senda de lo que es
socialmente aceptable.

Momentos después el Sargento aparece en escena
para comunicar a Pedro Crespo que don Álvaro de
Ataide se va a alojar en su casa. Su hijo, Juan, que
corresponde a la descripción de villano malicioso y
orgulloso mucho más que su padre, pregunta a Crespo que por qué no se quita estas cargas de encima
comprando una ejecutoria de nobleza. La respuesta
de Crespo, «que honra no la compra nadie», expuesta
en forma de una parábola, parece a primera vista
cargada de sentido común:

> Es calvo un hombre mil años,
> y al cabo dellos se hace
> una cabellera. Éste,
> en opiniones vulgares,
> ¿deja de ser calvo? No,
> pues ¿qué dicen al mirarle?:
> «¡Bien puesta la cabellera
> trae Fulano!» Pues ¿qué hace
> si, aunque no le vean la calva,
> todos que la tiene saben?

A lo cual responde Juan:

> Enmendar su vejación,
> remediarse de su parte,
> y redimir las molestias
> del sol, del hielo y del aire.

La respuesta de Juan expone lo absurdo de la posición de Crespo. La opinión popular es una buena guía pero no debe convertirse en una ley despótica que domine por completo nuestra vida y felicidad. Pero Crespo, como buen villano testarudo, se niega a admitir la razón de Juan, y replica simplemente que «Yo no quiero honor postizo», cerrando así la discusión. Irónicamente, ironía trágica, esta obsesión de Crespo por no aparentar ser más de lo que es traerá a su casa al hombre que le arruinará socialmente. Por no querer tener «honor postizo», Crespo acabará por perder el honor social que tanto precia.

En la siguiente escena, Crespo, haciendo uso de su prudencia, ordena a su hija Isabel que, antes de la llegada del huésped que esperan, se retire a un desván donde ha de permanecer escondida hasta que se marche. Irónicamente, esta decisión tan prudente va

a ser la causa inmediata de la deshonra final de Isabel
y de Crespo, ya que despertará la curiosidad del
Capitán, quien al enterarse de lo que ha hecho el
viejo comentará:

> ¿Qué villano no ha sido malicioso?
> De mí digo que si hoy aquí la viera,
> della caso no hiciera;
> y sólo porque el viejo la ha guardado,
> deseo, vive Dios, de entrar me ha dado
> donde está.

¿Quiere esto decir que Crespo se ha comportado
imprudentemente al actuar con demasiada prudencia? ¿Se hubiese evitado la tragedia si no hubiese
escondido a Isabel? Es imposible contestar a estas
preguntas. Lo que sí parece cierto es que dos acciones
en apariencia admirables, su creencia en que la dignidad humana o el honor no se compra con una
ejecutoria y su prudencia al tratar de evitar un
posible conflicto con los soldados a causa de su hija,
conducirán inexorablemente al rapto, violación y
deshonra de Isabel, con la consecuente pérdida del
honor y opinión social de toda la familia.

Como hemos visto, durante esta primera jornada
de EL ALCALDE DE ZALAMEA, Pedro Crespo aparece
como un hombre honesto y malicioso, prudente e
imprudente, orgulloso y modesto, lleno de sentido
común y absurdo. En otras palabras, el personaje
calderoniano emerge como un individuo de una complejidad extraordinaria. Ni sus antecedentes literarios
o folclóricos, ni las opiniones de otros personajes, ni
siquiera sus propias opiniones, lo definen satisfacto-
riamente. El enigma de Crespo se intensifica todavía
más al final de esta jornada.

En una de las escenas más justamente famosas de todo el teatro del Siglo de Oro, la de la confrontación entre Crespo y don Lope de Figueroa, durante la cual el campesino, dando muestras de una admirable entereza de carácter, junto con una testarudez y un orgullo típicos, rivaliza y se iguala con el general de Felipe II palabra por palabra, Pedro Crespo lanza su famosa definición del honor:

> al Rey, la hacienda y la vida
> se ha de dar; pero el honor
> es patrimonio del alma,
> y el alma sólo es de Dios.

¿Qué significa en términos prácticos esta admirable definición? Si significa algo es que el honor es un sentimiento interno, una conciencia de obrar rectamente, de saber que las intenciones de uno son limpias y puras; que el honor, en otras palabras, no depende de la opinión pública sino de la opinión de Dios. Si ésta es la definición de «honor patrimonio del alma», entonces hemos de concluir que Crespo no ha actuado hasta ahora de acuerdo con ella. Su orgullo de villano honrado está basado en su «pureza de sangre», no en la nobleza de su alma. Su negativa de comprar la ejecutoria para librarse de los bien conocidos problemas que surgían con los soldados no tiene nada que ver con su conciencia o con la opinión de Dios, sino con el qué dirán de sus vecinos. Su respuesta de que «aunque (el Capitán) fuera general, / en tocando a mi opinión, / le matara», o que «a quien se atreviera / a un átomo de mi honor, / por vida también del cielo, / que también le ahorcara yo», dada inmediatamente antes de su definición del ho-

nor como patrimonio del alma, parece incompatible
con ella. Esto no quiere decir que el honor patrimonio del alma sea necesariamente siempre incompatible con el honor social. Los dos pueden coexistir
armoniosamente. El problema surge cuando hay un
conflicto entre los dos, cuando el hombre ha de
escoger entre uno u otro. Crespo ha enunciado este
admirable principio sin haber sido puesto todavía en
esa situación límite. Pero la impresión que ha creado
en este diálogo a finales de la primera jornada es que,
puesto en esa situación, él elegiría el camino del
honor social, esto es, la venganza.

En cierto sentido, el responsable de que Crespo
enunciara este principio del honor como patrimonio
del alma u honor moral ha sido don Lope de Figueroa. No hay duda de que Crespo se encontraba
llevando la peor parte en la discusión que estaba
manteniendo con el irascible general. Cuando éste le
pregunta «¿Sabéis que estáis obligado / a sufrir, por
ser quien sois, / estas cargas?», Crespo no puede
encontrar contestación adecuada, ya que poco antes
había declarado orgullosamente a su hijo que «Villanos fueron / mis abuelos y mis padres; / sean villanos
mis hijos». Y los villanos, según las leyes vigentes, en
las que Crespo, como ha declarado, cree ferviente-
mente, estaban, en efecto, sujetos a estas cargas.
Encontrándose en un callejón sin salida, pero no
queriendo llevar la peor parte en el duelo verbal que
está sosteniendo con don Lope, Crespo lanza entonces su famosa definición del honor patrimonio del
alma; una definición que, según demuestran sus acciones posteriores y sus mismas palabras, él no utiliza
como norma de su propia conducta. Pero característica esencial del confuso mundo humano que Calde-

rón presenta en sus dramas es precisamente que la
verdad se encuentra en la mentira, la imprudencia en
la prudencia, la realidad en la ficción, y que el
hombre, ser limitado al fin, no se conoce en realidad
a sí mismo.

Hay relativamente poco desarrollo en el carácter
de Crespo durante la segunda jornada. La admiración mutua y el mutuo respeto entre él y don Lope
aumentan. Crespo exhibe grandes dosis de dignidad
humana, que algunos pueden confundir con orgullo,
pero que el orgulloso general admira. También le
admira por su valor, cortesía, amor y ternura hacia
sus hijos, su terquedad, socarronería y alto sentido
del honor social, lo cual le hace disimular y dominar-
se delante de su invitado en lo concerniente a las
insinuaciones amorosas del Capitán hacia su hija.
Todas estas características de la variada y compleja
personalidad del Crespo calderoniano están admira-
blemente ilustradas en el segundo y tercer cuadro de
esta segunda jornada. En el quinto y último cuadro la
humanidad de Pedro Crespo, especialmente en su
papel de padre, no puede sino producir enorme
simpatía en el público. Sus consejos a Juan, que
pueden compararse con los consejos de Polonius a
Laertes en el *Hamlet* shakesperiano, están llenos de
sentido común y honestidad, concluyendo memora-
blemente con esas palabras que el orgulloso viejo
pronuncia tratando de contener sus lágrimas: «Adiós,
hijo; / que me enternezco en hablarte.»

La tercera jornada de EL ALCALDE DE ZALAMEA
ha sido interpretada por la crítica moderna como la
dramatización de la transformación de Pedro Crespo
de un hombre que cree en el honor como opinión
social en un hombre que actúa de acuerdo con la

definición que él mismo diera del honor como patrimonio del alma. Parte de la razón de esta transformación hay que buscarla en el hecho de que Crespo no
había sido nunca un hombre de honor al estilo del
don Gutierre de *El médico de su honra*. Ambos, don
Gutierre y Crespo, se encuentran en un típico dilema
calderoniano al tener que elegir entre el honor social
y el amor. Don Gutierre ama a su esposa tanto como
Crespo ama a su hija, pero, al contrario de Crespo,
aquél sacrifica a su esposa inocente en aras del dios
del honor. Crespo no puede hacer esto. Su amor por
su hija trasciende todo concepto del honor social.
Aunque deseoso de vengarse del hombre que la ha
deshonrado, él no puede vengarse, tal como exigen
las leyes del honor, de la hija que ha sido causa de su
deshonra. Para Crespo existe una ley más importante
que la del honor: la ley natural. Y esta ley natural no
puede tolerar la ejecución de una mujer inocente.

Crespo, sin embargo, actúa en este respecto en
contra de lo que el público y los otros personajes
esperan de él. Su misma hija le indica el camino a
seguir:

> solicita
> con mi muerte tu alabanza,
> para que de ti se diga
> que por dar vida a tu honor,
> diste la muerte a tu hija.

Es lo que Juan, su hermano, ya ha pretendido
hacer. Al ver a Isabel, Juan saca inmediatamente la
daga diciendo que quiere

> Vengar así
> la ocasión en que hoy has puesto
> mi vida y mi honor.

Pero Crespo es excepcional en este sentido. Tanto que su hija duda de sus motivos: «o mucha cordura, o mucha / cautela es». La excepcionalidad de Crespo se basa claramente en su creencia en la superioridad de la justicia natural. No es, por tanto, coincidencia que, inmediatamente después de haberse negado a matar a su hija deshonrada, aparezca el Escribano a informarle que le han nombrado alcalde de Zalamea.

Su nombramiento como alcalde supone, al principio, un problema para Crespo:

> ¡Cuando vengarse imagina,
> me hace dueño de mi honor
> la vara de la justicia!
> ¿Cómo podré delinquir
> yo, si en esta hora misma
> me ponen a mí por juez
> para que otros no delincan?

Estas palabras ponen en claro cuál era el plan de Crespo: matar al Capitán («el ansia mía / no ha de parar hasta darle / la muerte»), y pretender que a su hija no le había pasado nada. De esta manera la reputación de su familia quizá pudiera ser preservada en Zalamea, ya que los únicos que sabían lo que había sucedido estarían muertos. Pero ahora, al ser nombrado alcalde, este plan se ha derrumbado. La justicia es incompatible con la venganza, como ilustra *El castigo sin venganza,* de Lope de Vega. En esta obra, el duque de Ferrara ha de usar de un subterfugio para disfrazar de justicia o de castigo lo que es en realidad una venganza contra las dos personas que le han deshonrado, su hijo y su esposa. El problema del duque es parecido al de Crespo. Los dos son representantes de la justicia y están, por tanto, incapacitados para vengarse. La diferencia entre el duque de Ferrara y el alcalde de Zalamea estriba, sin embargo, en la manera en que solucionan su conflicto. El duque se venga castigando a Federico y a Casandra por un crimen que no han cometido; Crespo castiga al Capitán por el crimen que ha cometido. Sus finales también son dispares. El duque retiene solamente la fachada del honor: más de una persona sabe que ha sido deshonrado, aunque todos pretenden al final que nada ha sucedido; Crespo castiga al criminal a cambio de la deshonra personal y pública de toda su familia.

Existía, claro, una tercera solución, que consistía en que el Capitán se casara con su hija. Y esto es lo que Crespo trata de conseguir en el segundo cuadro de este tercer acto. En una de las escenas más conmovedoras de toda la obra, el orgulloso Crespo se humilla delante del Capitán y le ofrece venderse como esclavo a cambio de la restauración de su honor. Cuando el Capitán rechaza su oferta, Crespo decide tomar el camino de la justicia y hacer público su deshonor. La magnitud de esta resolución se pone de manifiesto cuando Crespo ordena a su hija:

> Isabel, entra a firmar
> esta querella que has dado
> contra aquel que te ha injuriado.

El hecho de firmar implica la vergüenza pública y absoluta de toda la familia. Aquí no hay vuelta atrás. Su misma hija, horrorizada, expresa la sorpresa que los otros personajes y el público experimentarían al oír la orden de Crespo:

> ¿Tú, que quisiste ocultar
> nuestra ofensa, eres agora
> quién más trata publicarla?
> Pues no consigues vengarla,
> consigue el callarla ahora.

Esto es lo que cualquier hombre de honor hubiese hecho en parecidas circunstancias. Es lo que el mismo Crespo hubiese hecho al principio del drama. Recordemos que éste es el hombre que se negó a comprar una ejecutoria de nobleza por el qué dirán de los vecinos.

Su hijo Juan expresa su sorpresa de manera parecida a la de Isabel cuando Crespo ordena que le encarcelen por haber herido al Capitán:

> Nadie entender solicita
> tu fin pues, sin honra ya,
> prendes a quien te la da,
> guardando a quien te la quita.

Las consecuencias de la decisión de Crespo son ahora dolorosamente aparentes a sus dos hijos: significa sacrificar la opinión popular que tanto estiman, su dignidad social, su orgullo de villanos y cristianos viejos; significa no poder ir más con la cabeza alta, tener que enviar a su hija a un convento y a su hijo al ejército y continuar viviendo sólo en un pueblo pequeño en que todos conocen y conocerán siempre su deshonra, conservada ahora por escrito, legalizada, parte ya de la maquinaria burocrática del estado, para la posteridad.

Según una gran parte de la crítica moderna, éste es el precio que Pedro Crespo ha de pagar por seguir la senda que le marca aquella definición del honor como patrimonio del alma que enunciara al final de la primera jornada. Según esta lectura del drama, el final de Crespo es admirable y profundamente trágico. Admirable, porque pocos héroes calderonianos, con la excepción de sus santos, son capaces de alcanzar las alturas de abnegación personal y sacrificio cara a la adversidad del indomable Pedro Crespo; trágico, porque el precio de su actuación de acuerdo con un concepto superior del honor (como dice de su hija, «Un convento tiene ya / elegido y tiene esposo / que no mira en calidad.») ha sido a costa de un inmenso sacrificio personal. En un reciente artículo, Domingo Ynduráin ha notado que este final tiene también mucho de irónico. A pesar de la acolada final que recibe de Felipe II («Vos, por alcalde perpetuo / de aquesta villa os quedad»), la dignidad personal y social de Pedro Crespo, de la cual tan orgulloso se encontraba, ha sido descuartada por cada uno de los tres estamentos medievales: «Un hijo ha ido a la milicia, la hija a la iglesia, y él queda como pechero ejemplar»[5]. Trágico o irónico, el final de Pedro Crespo es sólo una expresión de la ambigüedad esencial de su carácter.

La decisión de Pedro Crespo de hacer público el deshonor de su hija puede haber sido motivada, como dice cierto sector numeroso de la crítica moderna, por su descubrimiento del verdadero significado del honor como patrimonio del alma. Pero un examen cuidadoso de las palabras y los apartes de Crespo en esta última parte de la obra nos deja entrever una interpretación muy diferente. Notemos

---

[5]   Domingo Ynduráin, «*El alcalde de Zalamea:* Historia, Ideología, Literatura», en *Edad de Oro,* 5 (1986), pág. 311.

primero las contradicciones. Cuando ordena el encierro de su hijo por haber herido al Capitán, Crespo dice en un aparte al público: «Aquesto es asegurar / su vida, y han de pensar / que es la justicia más rara / del mundo». Y en otro aparte nos asegura, «Yo le hallaré la disculpa». Esta actitud de favoritismo no parece estar de acuerdo con esa conversión moral de que nos habla la crítica. Además, contrasta con la manera en que el mismo Crespo, poco después, trata de demostrar al Rey que él es un juez imparcial. Cuando don Lope advierte al Rey que el juez que ha ordenado la prisión del Capitán es también el padre de la joven que ha sido violada, Crespo responde:

> No importa en tal
> caso, porque si un extraño
> se viniera a querellar,
> ¿no habría de hacer justicia?
> Sí; pues ¿qué más se me da
> hacer por mi hija lo mismo
> que hiciera por los demás?
> Fuera de que, como he preso
> un hijo mío, es verdad
> que no escuchara a mi hija,
> pues era la sangre igual.

Claramente, Crespo está aquí mintiendo al Rey. Él no ha apresado a su hijo por ese concepto imparcial de la justicia que no para mientes en la identidad del acusado, sino para impedir que los soldados o el Capitán se vengaran de él. Por un lado, Crespo declara que tiene un concepto tan alto de la justicia que es incapaz de utilizarla en favor de su propia familia o en contra de sus enemigos; pero, por otro lado, en sus apartes, Crespo afirma que está utilizan-

do su nueva posición para proteger a su familia.
Además, el espectador recordará las enigmáticas, y
en vista de lo que sucede después altamente irónicas,
palabras que dirige a su hija después de su nombramiento como alcalde: «Hija, / ya tenéis el padre
alcalde; / él os guardará justicia.»

La incompatibilidad de la conducta de Crespo al
final de la obra con la justicia social o con el
concepto del honor como patrimonio del alma queda
demostrada en sus conversaciones con don Lope de
Figueroa y con Felipe II. A pesar de las promesas de
su buen amigo don Lope de que el Capitán recibirá el
castigo que se merece («justicia la parte espere / de
mí; que también sé yo / degollar si es necesario»),
Crespo da garrote vil al Capitán sabiendo que está
actuando contra la ley. Al final de la obra, después
que el Rey ha nombrado a Crespo alcalde perpetuo,
don Lope le recuerda a él y al público que existía otra
alternativa: «¿No fuera mejor hablarme, / dando el
preso, y remediar / el honor de vuestra hija?» En
disculpa de Crespo podríamos aducir que él no sabía
que don Lope iba a volver y que no tenía la seguridad
de que otro oficial del ejército castigara al Capitán de
la manera que se merecía. Esperar justicia del ejército
contra un miembro de la casta militar hubiese sido
quizá esperar en vano. Esta disculpa, sin embargo,
cesa de tener validez una vez que llega don Lope.
Significativamente, el agarrotamiento del Capitán
tiene lugar mientras don Lope está tratando de abrir-
se paso a la prisión y momentos antes de que llegue
el Rey.

El humor negro y la socarronería que exhibe Crespo en su conversación con el Rey junto con las
razones sofísticas que aduce para justificar la precipi-

tada ejecución del Capitán tampoco parecen estar de acuerdo con su noción del honor como patrimonio del alma, y sugieren, más bien, que él ha utilizado su posición como alcalde, no para vengarse, ya que él sabe que la venganza es incompatible con la justicia, sino para castigar al Capitán de acuerdo con un concepto de la justicia natural o campesina que él considera superior a las leyes del reino. Si Crespo creyera que el honor era patrimonio del alma, hubiese dejado que la justicia del Rey siguiese su curso, y si ésta le hubiese fallado, hubiese dejado el castigo del Capitán a la justicia divina. Él, sin embargo, se toma la justicia por su cuenta y con un descaro admirable da una serie de razones claramente especiosas para explicar lo que en realidad es el asesinato del Capitán.

Pero la gran sorpresa de la obra sobreviene al final cuando Felipe II le nombra alcalde perpetuo. ¿Significa esto que Crespo ha logrado engañar al Rey Prudente? ¿O que Felipe II se comporta aquí como un rey pragmático, que enfrentado con un *fait accompli,* decide que mejor es dejar las cosas como están? ¿O es que el Rey reconoce la justicia y la razón de Crespo?

¿Implica este ambiguo final que Pedro Crespo es el villano malicioso, orgulloso y testarudo de que hablan otros personajes o que es ese hombre que se transforma, por medio de su descubrimiento de que el honor es patrimonio del alma, en una especie de mártir del honor social? La compleja personalidad del protagonista calderoniano hace que el lector fluctúe constantemente entre estas dos interpretaciones de su carácter y motivaciones. Sólo un actor profesional podría convencernos, aunque solamente durante el período de tiempo que durase la representación, de la validez de una u otra interpretación. Hasta entonces, el enigma de Pero Crespo quedará sin resolución.

OTROS PERSONAJES

Casi todos los otros personajes de EL ALCALDE DE ZALAMEA existen en función de Pedro Crespo, lo cual no quiere decir que no posean un cierto grado de autonomía e individualidad propia. Pero su función principal es iluminar, a veces por medio del contraste, aspectos del complicado y enigmático carácter del protagonista. Existen para hacer posible que este personaje casi monolítico al comienzo de la obra se transforme en ese personaje mítico, contradictorio, multidimensional, cuya casa, según la tradición local, todavía se conserva en Zalamea de la Serena.

Juan

Juan posee tan alto sentido del honor social como su padre, pero no parece compartir su opinión de que el campesino, por ley natural, tenga que tener una posición inferior a la de los nobles. Cuando el Capitán le pregunta que «¿Qué opinión tiene un villano?». Juan contesta inmediatamente: «Aquella misma que vos.» Además, el texto de la obra no deja lugar a dudas de que Juan, al contrario de Crespo, no está contento con la posición que le ha tocado en esta vida: él quiere dejar de ser campesino y convertirse en soldado. Al ver llegar al Capitán a su casa en la primera jornada dice en un aparte: «¡Qué galán y

alentado! / Envidia tengo al traje de soldado.» Y en
la segunda jornada, al oír la serenata de los soldados,
comenta que la vida militar «es linda vida», y cuando
don Lope de Figueroa le pregunta «¿Fuérades con
gusto a ella?» contesta inmediatamente que sí.

Tan malicioso y orgulloso como Crespo, a Juan le
falta, sin embargo, la prudencia y el disimulo de su
padre. Tan pronto como sospecha las verdaderas
intenciones del Capitán con respecto a su hermana,
Juan, sin esperar a más, le echa en cara su grosería.
Crespo le ha de regañar diciéndole: «¿Quién os mete
en eso a vos, / rapaz? ¿Qué disgusto ha habido?» El
impetuoso Juan ha olvidado una de las reglas funda-
mentales del honor social: el disimulo y el silencio.

Al presenciar la deshonra de su hermana, Juan
actúa en la tercera jornada como auténtico hombre
de honor: lucha con el Capitán, a quien hiere, y en
cuanto ve a su hermana, sin detenerse a averiguar si
es culpable o inocente, trata de matarla para «Vengar
así / la ocasión en que hoy has puesto / mi vida y mi
honor». Y cuando su padre ordena que le encierren
por su propio bien, comenta amargamente:

> Nadie entender solicita
> tu fin pues, sin honra ya,
> prendes a quien te la da,
> guardando a quien te la quita.

Con el personaje de Juan, Calderón ha creado un
Pedro Crespo inmaduro. Juan puede ser considerado
como una etapa en el desarrollo psicológico y moral
de Pedro Crespo. Quizá en su juventud Crespo fuera
así y necesitara, como Juan, ser protegido de sí
mismo. ¿Cómo es posible explicar la evolución de

Crespo de un joven orgulloso como su hijo Juan a un hombre de la estatura moral del alcalde de Zalamea? Hace tiempo Gwynne Edwards nos hizo notar que, a menudo, la causa del sufrimiento de un héroe trágico calderoniano había que encontrarla no en el típico defecto del héroe clásico sino en una virtud[6]. De manera parecida podemos concluir, analizando el carácter de Pedro Crespo, que la causa de su conducta heroica hay que encontrarla no en una virtud innata, sino en un defecto: su orgullo. El orgullo de Juan todavía no ha sido, como el de su padre, domeñado y controlado por la edad y la experiencia. Pero si consideramos a Juan como una imagen del Pedro Crespo joven, habría también que concluir que en Juan tenemos a un alcalde de Zalamea en ciernes.

Isabel

En la primera jornada de EL ALCALDE DE ZA-LAMEA, Isabel, la única hija de Pedro Crespo, aparece solamente dos veces, y en ambas ocasiones la vemos rechazando las insinuaciones amorosas de un pretendiente: don Mendo en la primera y el Capitán en la segunda. ¿Hay alguna diferencia en su conducta en estas dos ocasiones? En la primera, Isabel despide a don Mendo con cajas destempladas. No hay duda desde el principio de que ella le desprecia, y de que está disgustada por su impertinente cortejo. El caso del Capitán es diferente. Recordemos que ella y su prima Inés salieron a la ventana por curiosidad, para ver a los soldados. Es la misma curiosidad que

---

[6] En su edición crítica de *La hija del aire* (Londres, Támesis, 1970), pág. LV.

incita al Capitán a subir a ver a esta belleza escondida.

Sus primeras palabras al Capitán son para proteger a Rebolledo, lo cual parece a primera vista un acto de caridad, pero que podía haber hecho pensar al público de la época que ella no tenía por qué inmiscuirse en asuntos de disciplina militar, ni por qué abogar por una persona a quien no conocía. El caso es que Isabel se toma demasiado en serio su papel de dama protectora del desvalido, y a pesar de que su padre declara al Capitán que ella «es labradora, señor, / que no dama», lo cierto es que Isabel en su conversación con el Capitán se estaba comportando como una verdadera dama de comedia y no como una zafia campesina. ¿Se hubiese evitado el rapto si ella hubiese actuado de un modo más huraño o si se hubiese negado a intervenir en defensa de Rebolledo? No podemos saberlo, lo que sí es cierto es que una virtud, en este caso la caridad, contribuye una vez más en el teatro calderoniano a una tragedia personal.

En la segunda jornada Isabel aparece otra vez como la hija obediente de Crespo y también como una anfitriona cortés y atenta al ofrecerse a servir la cena a don Lope. Cuando empieza la serenata de los soldados, Isabel muestra enojo, preguntándose en un aparte: «¿Qué culpa tengo yo, cielos, / para estar a esto sujeta?» La pregunta es curiosa para un lector o espectador moderno, quien no puede pensar que hasta ahora Isabel haya hecho nada para incitar al Capitán, pero para un público del siglo XVII, con una mentalidad muy diferente, especialmente en lo que concernía a las mujeres, la pregunta podría indicar que si Isabel no había pecado por comisión al menos lo había hecho por omisión. Como demuestra Juan en la tercera jornada, para el hombre las mujeres al fin y al cabo siempre tenían la culpa.

Al final de esta segunda jornada Isabel reaparece para despedir primero a don Lope y luego a su hermano Juan. Momentos después es secuestrada por el Capitán. El momento cumbre de la participación de Isabel en la obra ocurre al principio de la tercera jornada. De los primeros 280 versos de esta jornada, Isabel recita 262. Su primer soliloquio es simplemente desgarrador, y a pesar del tono legalista y algo artificial con que explica su dilema («Si a mi casa determinan / volver mis erradas plantas, / será dar nueva mancilla / a un anciano padre mío / ... / Si dejo, por su respeto / y mi temor afligida / de volver a casa, dejo / abierto el paso a que digan / que fui cómplice en mi infamia»), este dilema es tan real y el resto del discurso suena tan verdadero que no puede menos de conmover a un público de cualquier época. Lo mismo sucede con el largo discurso que dirige a su padre, el cual, según indica el texto, debería ir acompañado por gestos altamente dramáticos: «Entiende tú las acciones, / pues no hay voces que lo digan.» Después de este discurso la simpatía del público es captada totalmente por Isabel. Si alguna sospecha existía antes sobre su conducta, ésta queda ahora totalmente anulada: Isabel no se merece en absoluto lo que le ha sucedido. Después de este gran momento, Isabel casi desaparece de escena, excepto por un breve encuentro con su hermano, cuando éste intenta matarla. Al final, como sabemos, ingresa en un convento, donde se supone que acabará su vida.

El carácter de Isabel no es de una gran profundidad psicológica. Tampoco emerge como una gran figura trágica: su tragedia es tan inmerecida que sólo puede producir la compasión del público, no el horror y la admiración que sirven para producir el verdadero efecto trágico. En su sufrimiento no contemplamos la injusticia del universo ni de la sociedad, sino la maldad de un hombre. Isabel es una víctima, no una figura trágica.

El Capitán

Según Ángel García, don Álvaro de Ataide era el nombre del hijo menor de Vasco de Gama, célebre por su libertinaje [7]. La característica fundamental de su doble dramático es el orgullo de noble y su concomitante desprecio hacia los villanos. Aun antes de conocer a Crespo y a su hija Isabel, ya manifiesta la opinión que le merecen estos dos campesinos. Cuando el Sargento le dice que Crespo tiene más presunción que un infante de León, el Capitán replica en tono sarcástico: «¡Bien a un villano conviene / rico aquesa vanidad!» Su reacción al saber que el villano tiene una hija hermosa es «¿será más que una villana / con malas manos y pies?». Y cuando Juan declara estar dispuesto a perder la vida por la opinión, le pregunta sorprendido: «¿Qué opinión tiene un villano?» Las palabras corteses que dedica a Juan y a Isabel en esta primera jornada deben, por tanto, tomarse con el proverbial grano de sal. El actor que represente este papel deberá mostrar que la cortesía del Capitán hacia Juan y sus requiebros a Isabel son puro formulismo. La esencia del Capitán es su orgullo, que ya exhibe en gran medida al final de esta

[7]   Ángel M. García, «*El alcalde de Zalamea:* Álvaro de Ataide y el capitán de Malaca», en *Iberoromania,* 14 (1981), págs. 42-59.

primera jornada durante su confrontación con Crespo y Juan.

En la segunda jornada el Capitán continúa dando muestras de su incomprensión hacia los villanos cuando, refiriéndose a Isabel, exclama asombrado: «¡Que en una villana haya / tan hidalga resistencia...!» El amor de que habla el Capitán en esta segunda jornada no es verdadero amor, sino simplemente deseo de posesión sexual. Las imágenes de guerra y destrucción que utiliza al describir su pasión amorosa muestran con exactitud los efectos que tendría la satisfacción de esta pasión.

A pesar de su orgullo de militar el Capitán miente en dos ocasiones a su general, don Lope de Figueroa. Miente en la primera jornada al explicar a don Lope la razón de encontrarse en el desván donde se esconde Isabel, y le vuelve a mentir en la segunda cuando ha de explicar lo que estaba haciendo en la calle de Pedro Crespo con los soldados. Pero él, al igual que el don Juan Tenorio de *El burlador de Sevilla,* no cree que sea deshonroso mentir en cuestiones de amor.

La última intervención del Capitán ocurre en la tercera jornada, cuando Crespo le pide de rodillas que se case con su hija. La reacción despectiva del Capitán no sorprende al espectador. Él es un personaje unidimensional, monocorde, el auténtico «malo» de la pieza, sin una sola característica redimidora, pues incluso se muestra como un cobarde, al huir en varias ocasiones de don Lope de Figueroa. El agarrotamiento final del Capitán, quien como noble debería haber sido juzgado por un tribunal militar y luego degollado, es la humillación final del orgulloso don Álvaro de Ataide, quien en la opinión del público claramente recibe, de acuerdo con el principio de justicia poética, el final que se merece.

Don Lope

Don Lope de Figueroa es un personaje histórico. Famoso general de Felipe II que luchó en Flandes e Italia y se destacó en la batalla de Lepanto, se convirtió luego en un famoso personaje literario. Calderón lo utilizó en *Amar después de la muerte,* aunque en un papel muy secundario, Lope de Vega se sirvió de él en *El ataque de Mastrique,* Juan Bautista Diamante en *El defensor del peñón* y Vélez de Guevara en *El águila del agua.* Esta última obra fue censurada en 1642 por Juan Navarro de Espinosa con las siguientes palabras: «He visto esta comedia y reformando los juramentos de don Lope de Figueroa que tiene en ella se puede representar en Madrid a 29 de julio de 1642» [8]. Los juramentos a que se refiere el censor madrileño son básicamente los mismos que utiliza el don Lope calderoniano: «¡Voto a Dios!», «¡Voto a Cristo!» y «¡Juro a Dios!». Tanto el don Lope histórico como el literario tenían, pues, fama de bruscos y coléricos. Al comienzo de EL ALCALDE DE ZALAMEA ya es descrito como un personaje legendario «que, si tiene tanta loa / de animoso y de valiente, / la tiene también de ser / el hombre más desalmado, / jurador y renegado / del mundo...».

Sin duda, uno de los principales atractivos de esta gran obra teatral reside en la relación antagónica

---

[8] Véase mi artículo «Dos censores de comedias de mediados del siglo XVII», de próxima publicación en el *Homenaje a Kurt y Roswitha Reichenberger.*

pero también de respeto mutuo que se establece entre Crespo y don Lope de Figueroa. La escena final de la primera jornada, con su duelo verbal entre los dos viejos, es una de las escenas más memorables del teatro universal. En contraste con el Capitán, don Lope, también un noble militar, no desprecia al villanaje aunque cree, como el mismo Crespo, en la absoluta división entre las dos clases sociales.

La mutua admiración entre Crespo y don Lope crece en la segunda jornada. Durante el cuadro del jardín, don Lope admira la cortesía carente de adulación o servilismo de Crespo y sus hijos; en el siguiente cuadro, cuando por equivocación los dos viejos se encuentran luchando el uno contra el otro en la oscuridad, don Lope exclama: «¡Voto a Dios, que riñe bien!» A lo cual contesta Crespo: «¡Bien pelea, voto a Dios!» Don Lope es el reverso del Capitán.

Al final de esta jornada los dos han quedado, como declara el mismo don Lope, «para siempre tan amigos». Su amistad, sin embargo, no es óbice para que los dos actúen otra vez como antagonistas en la tercera jornada. Don Lope, pese a su amistad con Crespo, sigue creyendo en la absoluta división entre las dos clases sociales, una división que Crespo ha transgredido al encarcelar al Capitán. Antes de hablar con Crespo, don Lope sabe ya, o más bien sospecha, que el alcalde que ha encarcelado al Capitán es Crespo, pero con la astucia y marrullería que caracteriza al mismo Crespo, pretende no haber sido informado. De esta manera los dos pueden discutir el grave problema de jurisdicción que les afronta de una manera impersonal, sin dejar que la amistad influya en su actitud. De esta manera también don Lope actúa aquí de acuerdo con aquel aspecto de su personalidad que ya había subrayado el Soldado 1.º al comienzo del drama: «saber hacer / justicia del más amigo / sin fulminar el proceso». El más amigo en esta ocasión es Pedro Crespo.

Personaje legendario, don Lope no precisa un carácter complejo y multidimensional para cumplir su cometido dentro del esquema de su obra. Su actitud hacia Crespo y el contraste entre su personalidad y manera de pensar y las del Capitán bastan para, de una manera indirecta, caracterizar dramáticamente a los ojos del público a los dos verdaderos antagonistas del drama.

Don Mendo

Don Mendo, el único personaje noble de Zalamea, es simplemente una parodia de hidalgo, con ilustres antecedentes literarios. Representa un tercer grado de ese concepto del honor basado en la genealogía del individuo. Reducido al absurdo, como, por ejemplo, cuando dice que se hubiera negado a ser engendrado por un padre no hidalgo, su idea del honor representa la degeneración de este concepto. Como don Quijote, a quien se le compara por su estrafalaria figura, don Mendo trata de vivir en un pasado fantástico donde villanas como Isabel se rinden a hidalgos como él para ser luego abandonadas en un convento cuando el hidalgo se haya hartado de ellas. La fantasía de don Mendo se convierte, sin embargo, en la realidad del Capitán: Isabel acabará su vida en un convento. Su uso de los tópicos trillados y las frases estereotipadas del amor cortés le presentan claramente como émulo de don Quijote, no sólo por imitar el estilo de un género literario, sino por el efecto cómico que la disparidad entre su fantasía y la realidad de su figura produce en el espectador. Figura grotesca y cómica, don Mendo desaparece de la obra a mediados de la segunda jornada, cuando las cosas empiezan a tomar un cariz serio. En la dramática tercera jornada, don Mendo hubiese producido una nota discordante.

Nuño

Lo mismo sucede con su criado Nuño, cuyo papel es contribuir al aspecto cómico de la primera parte de la obra. Si don Mendo nos recuerda al escudero hambriento y orgulloso del tercer tratado del *Lazarillo de Tormes,* Nuño nos hace pensar inmediatamente en el mismo Lazarillo, cuya obsesión por la comida, especialmente en los tres primeros tratados de su «autobiografía», es comparable a la del personaje calderoniano. Estas resonancias literarias eran reconocidas inmediatamente por el público de los corrales, y, como sucede con las del personaje de Pedro Crespo, Calderón las utilizaba precisamente porque despertaban en su público asociaciones que facilitaban la rápida caracterización e identificación de sus personajes.

El desprecio total de Nuño hacia don Mendo y su respeto instintivo hacia Crespo reflejarían los sentimientos del público en general. El gracioso del teatro español del Siglo de Oro representa la mentalidad y sensibilidad del espectador medio de los corrales. Es una especie de barómetro y guía de los sentimientos del público. El gracioso es a menudo el puente de comunicación entre el público en general y el mensaje de la obra. Sin él, el espectador medio no sabría quizá cómo reaccionar ante un determinado personaje o situación; si tomarlos en serio o en broma. La actitud del gracioso no le deja lugar a dudas.

Rebolledo y la Chispa

Rebolledo y la Chispa, además de ayudar al Capitán en su seducción de Isabel, son los «graciosos» de la obra. Representan la clase más ínfima de soldados: los parásitos que acompañaban a los ejércitos. Como muestra su lenguaje de germanía, están al nivel de los delincuentes comunes, la gente del hampa, las prostitutas, los jaques. Sin embargo, Calderón no los presenta como viva protesta social. Rebolledo y la Chispa son personajes extraídos del acervo teatral, conocidos ya por el público de los teatros del siglo XVII como protagonistas de las popularísimas *jácaras* y *mojigangas*. El mismo Calderón compuso varias piezas de este género, recientemente editadas por Evangelina Rodríguez y Antonio Tordera [9]. Rebolledo y la Chispa son, por tanto, personajes cómicos, y, a pesar de su carácter repelente y criminal, su misión principal es hacer reír al público. Y el público se ríe de ellos por su ignorancia, su amoralidad (algo que no parece estar de acuerdo con la imagen del Calderón contrarreformista que tienen la mayoría de los lectores), y su falta total de escrúpulos. Pero incluso ellos, desecho de la sociedad como son, tienen también su concepto del honor. En el mundo de EL ALCALDE DE ZALAMEA todos los personajes declaran a los cuatro vientos su honradez. En su primer discurso, cuando contesta a la inquietud que su amigo

---

[9]   Véase su edición de los *Entremeses, jácaras y mojigangas* de Calderón (Madrid, Castalia, 1983).

Rebolledo expresa por ella, la Chispa declara que «bien se sabe que yo / barbada el alma nací / y ese temor me deshonra». Más tarde, en esa misma jornada, Rebolledo, al pedirle al Capitán que le conceda el juego de boliche, le recuerda que es «hombre cargado / de obligaciones, y hombre, al fin, honrado». Pero si todos, incluso los criminales de esta pieza teatral, se creen honrados, ¿qué significa la honradez? ¿Qué es el honor? Éstas son algunas de las preguntas que, a través de los personajes y sus acciones, formula Calderón en su obra.

SIGNIFICADO DE «EL ALCALDE DE ZALAMEA»

¿Qué significa EL ALCALDE DE ZALAMEA? ¿Qué interés puede tener para un lector o espectador moderno, cuyo concepto del honor nada tiene que ver con el linaje, la pureza de sangre o la opinión? El concepto del honor en el teatro del Siglo de Oro en general y en EL ALCALDE DE ZALAMEA en particular debe ser considerado simplemente como un motivo dramático; es decir, un recurso que permite al autor conducir a unos personajes a ciertas situaciones límite, imponerles dilemas en apariencia insolubles y hacer posible un número de confrontaciones dramáticas. Pero su popularidad no nos debe llevar a la conclusión de que los españoles del siglo XVII estuvieran más obsesionados por el honor que sus contemporáneos ingleses o franceses, o que los españoles del siglo XX. La narrativa del Siglo de Oro, por ejemplo, no trata este tema con la frecuencia e intensidad que lo hace el teatro. Parecidos recursos dramáticos se utilizan en todos los géneros literarios. Hoy en día, por ejemplo, la cantidad de detectives privados que se pasean por las pantallas ‐de nuestros televisores no refleja la realidad de la sociedad moderna. Proporcionalmente, habría tantos caballeros del honor en el siglo XVII como hay detectives privados en la actualidad. Su desproporcionado número sólo puede ser explicado en términos de su potencial dramático. Es decir, los dos tipos de personaje se prestan dentro de su propio ambiente y época a la creación de situaciones dramáticas que eran del gusto de sus espectadores coetáneos.

En EL ALCALDE DE ZALAMEA el tema del honor es en realidad un medio para explorar la personalidad de su protagonista y, a través de él, examinar la validez de una definición del honor de mucha más relevancia para el hombre moderno: el honor como parte esencial de los derechos humanos. Como ya hemos notado, existen en EL ALCALDE DE ZALAMEA casi tantas definiciones del honor como personajes. Tenemos, por ejemplo, el honor basado en la nobleza de la familia, en pertenecer a la casta militar, en la pureza de sangre o, simplemente, en estar cargado de familia. Todas estas variedades de honor son contrastadas con esa definición del honor, patrimonio del alma, que antepone la dignidad personal y la integridad moral a cualquier otro tipo de consideración social. EL ALCALDE DE ZALAMEA presenta el conflicto que surge cuando la casta militar trata de negar el respeto y la dignidad personal a que tiene derecho todo individuo.

En cierto sentido, EL ALCALDE puede también ser leído como una obra feminista, que presenta una viva protesta contra la manera en que una mujer es considerada como objeto sexual, sin voluntad ni sentimientos, por tres de los personajes masculinos de la obra: don Mendo, el Capitán y el Sargento. Este último, al oír que el Capitán no está interesado en la villana, simplemente comenta que «me pienso entretener / con ella». Esta actitud despectiva hacia la mujer, considerada como mero objeto sexual, contrasta poderosamente con la modestia, la virtud y la entereza de Isabel, especialmente en su impresionante discurso al comienzo de la tercera jornada. El objeto sexual del Capitán aparece en esta escena como un ser de sentimientos profundos y de un patetismo conmovedor.

EL ALCALDE DE ZALAMEA contiene también una honda reflexión sobre la naturaleza de la condición humana. Pedro Crespo es un personaje que ha de elegir entre el honor social y el honor moral. Ninguno de los dos tipos de honor es malo en sí; en realidad, Pedro Crespo, como el antiguo héroe de la tragedia clásica, ha de elegir entre dos códigos que, mientras no entren en conflicto, son buenos y justos. No hay nada reprensible en desear la estima y el respeto del prójimo, pero cuando este deseo entra en conflicto con una ley moral superior, el héroe ha de sacrificarlo. El sacrificio es, sin embargo, penoso, y aquí es donde se demuestra la estatura e integridad moral de Crespo. Pero al contemplar con admiración la manera en que Crespo renuncia a su honor social, el espectador no podrá menos de preguntarse si este sufrimiento de un hombre básicamente bueno es absolutamente necesario. ¿Por qué sufre Crespo? ¿Por qué sufre Isabel? En términos cristianos la respuesta es que la felicidad simplemente no es de este mundo. El sufrimiento de Crespo habría que verlo bajo este punto de vista como una especie de prueba a la que Dios le está sometiendo. Desde otro punto de vista, el injusto sacrificio de Crespo y su hija nos lleva a una consideración más pesimista del mundo en que vivimos. Como dijo Prem Halkhoree, EL ALCALDE DE ZALAMEA da a entender que si los seres humanos observaran la Ley, usaran adecuadamente de la Razón, y actuaran en armonía con la Naturaleza, esta vida sería mucho más feliz. Pero, el problema es que no pueden hacerlo. ¿Por qué? Halkhoree encuentra una contestación a esta pregunta en el carácter ambivalente de la Naturaleza, lo inadecuado de la Ley y especialmente en lo inadecuado de la Razón [10]. Otra explicación podría hallarse en el hecho de que el hombre es un ser básicamente limitado. Crespo y otros personajes admirables del teatro calderoniano, como don Fernando en *El príncipe constante,* son quizá la excepción que confirma la regla. El Capitán es mucho más típico del teatro calderoniano. Una persona incrustada en su clase social, en su estrecho código social, incapaz de trascender los límites morales de ese código. Un ser patético que muere al final sin saber por qué, convencido todavía de que al satisfacer sus apetitos él solamente estaba actuando de acuerdo con los privilegios de su clase social. Al no haber arrepentimiento en el Capitán, su final es mucho más trágico que el de Crespo.

EL ALCALDE DE ZALAMEA es una obra compleja y polisémica. Ninguna interpretación podrá abarcar todos sus matices ni explicar cada uno de los enigmas que presenta sobre la naturaleza humana, sobre las

---

[10]   Premraj Halkhoree, *Calderón de la Barca: «El alcalde de Zalamea»* (Londres, Grant and Cutler, 1972), pág. 43.

motivaciones de los hombres, sobre la naturaleza de la felicidad, la justicia, la razón y la prudencia. Pero este gran drama calderoniano no es solamente un ensayo intelectual. EL ALCALDE DE ZALAMEA está lleno de grandes momentos dramáticos de una emoción y de un patetismo difícilmente igualados. También contienen personajes inolvidables. Tanto las figuras cómicas de don Mendo y Nuño, como la de los soldados, Rebolledo y la Chispa están perfectamente delineadas. La visión idílica que nos presenta de una familia campesina puede que no sea muy realista, pero contiene pinceladas muy humanas de la actitud del labrador hacia sus campos, y de las estrechas relaciones entre los miembros de una familia rural. El personaje de Pedro Crespo, de una profundidad comparable a la del de Willie Loman en *La muerte de un viajante,* de Arthur Miller, es un papel magnífico para un actor maduro. Hay pocos personajes de hombres viejos en nuestro teatro clásico o moderno que posean la hondura y complejidad de este protagonista calderoniano. Frente a él tenemos a otro personaje viejo de parecida envergadura, aunque de una psicología mucho menos complicada, don Lope de Figueroa. Estos dos personajes son tan memorables, y sus escenas constituyen tales lecciones en el arte dramático, que se ha pensado que Calderón compuso esta obra para dos famosos actores del siglo XVII ya entrados en años.

Por todas estas razones, EL ALCALDE DE ZALAMEA se ha convertido en uno de los dramas clásicos no sólo de nuestro teatro nacional sino del teatro europeo en general, como queda demostrado por el número de veces que ha sido traducido a otros idiomas y, más particularmente, por el éxito asombroso que obtuvo en 1981 en el National Theatre de Londres, en la versión que Adrian Mitchell preparara con motivo del tercer centenario de la muerte de Calderón.

José María Ruano de la Haza

BIBLIOGRAFÍA

Ediciones

1. *El mejor de los mejores libros que ha salido de comedias nuevas* (Alcalá, María Fernández, 1651) [la comedia aparece en este volumen con el título de *El garrote más bien dado*].
2. *El mejor de los mejores libros que ha salido de comedias nuevas* (Madrid, María de Quiñones, 1653) [aparece nuevamente con el título de *El garrote más bien dado*].
3. *Doze comedias de las más grandiosas que hasta ahora han salido de los mejores y más insignes poetas* (Lisboa, Craesbeeck, 1653) [reproduce *El garrote más bien dado*].
4. *Séptima parte de comedias del célebre poeta español Don Pedro Calderón de la Barca,* ed. Juan de Vera Tassis y Villarroel (Madrid, Francisco Sanz, 1683).
5. *Séptima parte de comedias del célebre poeta español Don Pedro Calderón de la Barca,* ed. Juan de Vera Tassis y Villarroel (Madrid, Francisco Sanz, 1715).

6. *Comedias del célebre poeta español Don Pedro Calderón de la Barca,* ed. Juan Fernández de Apontes, vol. XI (Madrid, Manuel Fernández, 1763).

7. *Las comedias de Don Pedro Calderón de la Barca,* ed. J. J. Keil, vol. IV (Leipzig, Fleischer, 1830).

8. *Tesoro del Teatro Español,* ed. Eugenio de Ochoa, vol. III (París, Baudry, 1838).

9. *Teatro Español,* ed. D. C. Schütz (Bielefeld, Velhagen & Klasing, 1840).

10. *Comedias de Don Pedro Calderón de la Barca,* ed. Juan E. Hartzenbusch, BAE, vol. III (Madrid, Hernando, 1849).

11. *Colección selecta del antiguo teatro español,* ed. A. Comte (París, Denné Schmitz, 1854).

12. *Teatro escogido de Don Pedro Calderón de la Barca,* vol. II (Leipzig, Brockhaus, 1876).

13. *Teatro selecto de Calderón de la Barca,* ed. M. Menéndez Pelayo, vol. II (Madrid, Navarro, 1881).

14. *Teatro de Calderón de la Barca,* ed. García-Ramón, vol. II (París, Garnier, 1883).

15. *Comedias de Don Pedro Calderón de la Barca,* ed. Adolf Kressner (Leipzig, Renger, 1887).

16. *Klassische Bühnendichtungen der Spanier. Calderón Der Richter von Zalamea nebst dem gleichnamigen Stücke von Lope de Vega,* ed. Max Krenkel (Leipzig, Barth, 1887).

17. *Select Plays of Calderón,* ed. Norman Maccoll (Londres, Macmillan, 1888).

18. *El alcalde de Zalamea,* ed. James Geddes (Boston, D. C. Heath, 1918).

19. *Pedro Calderón de la Barca. Teatro,* ed. J. Gómez Ocerín (Madrid, Calleja, 1920).

20. *El alcalde de Zalamea,* ed. Ida Farnell (Manchester, University Press, 1921).

21. *Calderón de la Barca,* ed. S. Gili Gaya (Madrid, Instituto-Escuela, 1923).

22. *El alcalde de Zalamea,* ed. R. Gil Torres (Madrid, Compañía Iberoamericana, 1927).

23. *El alcalde de Zalamea,* ed. Elena Taliento (Milán, 1930).

24. *El alcalde de Zalamea,* ed. Theodor Heinermann (Münster, Aschendorff, 1933).

25. *El alcalde de Zalamea,* ed. Gabriel Espino (Zaragoza, Ebro, 1943).

26. *El garrote más bien dado,* ed. J. Novo (Madrid, La Coruña, 1947).

27. *Teatro de Pedro Calderón de la Barca,* ed. J. Bergamín (Buenos Aires, Jackson, 1948).

28. *El alcalde de Zalamea,* ed. André Nougué-Privot (Toulouse, Privat-Didiers, 1952).

29. *El alcalde de Zalamea,* ed. Cayetano Luca de Tena (Madrid, 1952).

30. *El alcalde de Zalamea,* ed. Fermín Estrella Gutiérrez (Buenos Aires, Kapelusz, 1954).

31. *Teatro escogido de Calderón,* ed. José Bergua (Madrid, Ediciones Ibéricas, 1955).

32. *La vida es sueño. El alcalde de Zalamea,* ed. Augusto Cortina (Madrid, Espasa-Calpe, 1955).

33. *El alcalde de Zalamea y dos entremeses,* ed. J. Durán Cerda (Santiago de Chile, Universitaria, 1956).

34. *La vida es sueño. El alcalde de Zalamea,* ed. Luis Santullano (México, Orión, 1956).

35. *El alcalde de Zalamea y La vida es sueño,* ed. Jorge Campos (Madrid, Taurus, 1959).

36. *L'Alcalde de Zalamea,* ed. Robert Marrast (París, Aubier-Flammarion, 1959).

37. *El alcalde de Zalamea,* ed. Eugenio Castelli (Buenos Aires, Huemul, 1963).

38. *La vida es sueño and El alcalde de Zalamea,* ed. Sturgis E. Leavitt (Nueva York, Dell, 1964).

39. *La vida es sueño y El alcalde de Zalamea,* ed. Guillermo Díaz-Plaja (México, Porrúa, 1965).

40. *El alcalde de Zalamea. La vida es sueño. El gran teatro del mundo,* ed. C. Rivas-Xerif (México, Ateneo, 1965).

41. *La vida es sueño. El alcalde de Zalamea. El mágico prodigioso,* ed. P. Henríquez Ureña (Buenos Aires, Losada, 1965).

42. *El alcalde de Zalamea,* ed. Peter N. Dunn (Oxford, Pergamon, 1966).

43. *El alcalde de Zalamea,* ed. E. W. Hesse (Buenos Aires, Plus Ultra, 1967).

44. *El alcalde de Zalamea. La vida es sueño. El gran teatro del mundo,* ed. A. Isasi Angulo (Barcelona, Bruguera, 1968).

45. *El alcalde de Zalamea,* ed. J. Alcina Franch (Barcelona, Juventud, 1970).

46. *La vida es sueño. El alcalde de Zalamea,* ed. F. Ruiz Ramón (Barcelona, Salvat, 1970).

47. *El garrote más bien dado o El alcalde de Zalamea,* ed. A. Valbuena Briones (Salamanca, Anaya, 1971).

48. *El alcalde de Zalamea,* ed. M. P. Bueno Faro (Barcelona, Gassó, 1973).

49. *El alcalde de Zalamea,* ed. J. M. Díez Borque (Madrid, Castalia, 1976).

50. *El alcalde de Zalamea. La vida es sueño,* ed.
    A. Porqueras Mayo (Madrid, Espasa-Calpe,
    1977).
51. *El alcalde de Zalamea,* ed. A. Valbuena Briones
    (Madrid, Cátedra, 1980).
52. *El alcalde de Zalamea,* ed. D. Ynduráin (Barce-
    lona, Planeta, 1982).
53. *El alcalde de Zalamea. El galán fantasma,* ed.
    Enrique Rull (Madrid, SGEL, 1983).

[Además de estas ediciones existen muchas otras
sin nombre del editor, y también un buen número de
ediciones sueltas de los siglos XVIII y XIX. EL ALCAL-
DE DE ZALAMEA ha sido traducido a los idiomas
vasco, danés, alemán (36 veces), inglés (7 veces),
esperanto, francés (16 veces), italiano (9 veces), ho-
landés, polaco, portugués, rumano, ruso, sueco, che-
co, ucraniano y húngaro.

Estudios

Abrams, Fred: «Imaginería y aspectos temáticos del
    Quijote en *El alcalde de Zalamea»,* en *Duquesne
    Hispanic Review,* 5 (1966), 27-34.
Allen, John J.: *The Reconstruction of a Spanish Gol-
    den Age Playhouse: El Corral del Príncipe, 1583-
    1744* (Gainesville, University Presses of Florida,
    1983).
Arróniz, Othón: *Teatros y escenarios del Siglo de Oro*
    (Madrid, Gredos, 1977).
Aubrun, C. V.: *«El alcalde de Zalamea,* ilusión cómi-
    ca e ilusiones sociales en Madrid hasta 1642», en

Hacia Calderón, VII, ed. Hans Flasche (Stuttgart, Steiner, 1893), 169-174.

Beardsley, Theodore S.: «Isocrates, Shakespeare, and Calderón: Advice to a Young Man», en *Hispanic Review,* 42 (1974), 185-198.

Bryans, John V.: *Calderón de la Barca: Imagery, Drama and Rhetoric* (Londres, Támesis, 1977).

Casanova, W. O.: «Honor, patrimonio del alma y opinión social, patrimonio de casta en *El alcalde de Zalamea,* de Calderón», en *Hispanófila,* 33 (1968), 17-33.

Caso González, J. M.: «*El alcalde de Zalamea,* drama subversivo (una posible interpretación)», en *Actas del I Simposio de Literatura Española,* ed. A. Navarro González (Salamanca, Universidad, 1981), 193-207.

Castelli, E.: *Análisis de «El alcalde de Zalamea»* (Buenos Aires, Centro Editor de América Latina, 1968).

Correa, Gustavo: «El doble aspecto de la honra en el teatro del siglo XVII», en *Hispanic Review,* 26 (1958), 99-107.

Cotarelo y Mori, Emilio: *Ensayo sobre la vida y obras de Calderón* (Madrid, 1924).

Díez Borque, José M.: *Sociedad y teatro en la España de Lope de Vega* (Barcelona, Bosch, 1978).

Dunn, Peter N.: «Honour and the Christian Background in Calderón», en *Bulletin of Hispanic Studies,* 37 (1960), 90-105.

Dunn, Peter N.: «Patrimonio del alma», en *Bulletin of Hispanic Studies,* 41 (1964), 78-85.

Durán, Manuel, y González Echevarría, Roberto: *Calderón y la crítica. Historia y antología* (Madrid, Gredos, 1976), 2 vols.

Edwards, Gwynne: «The Closed World of *El alcalde de Zalamea*», en *Critical Perspectives on Calderón* (Lincoln, Nebraska, 1981), 53-67.

Edwards, Gwynne: *The Prison and the Labyrinth: Studies in Calderonian Tragedy* (Cardiff, University of Wales Press, 1978).

Evans, Peter W.: «Pedro Crespo y el Capitán», en *Hacia Calderón, V* (Wiesbaden, Franz Steiner, 1982), 48-54.

Fox, Dian: «"Quien tiene el padre alcalde..." The Conflict of Images in Calderón's *El alcalde de Zalamea*», en *Revista Canadiense de Estudios Hispánicos*, 6 (1982), 262-268.

García, Ángel M.: *«El alcalde de Zalamea:* Álvaro de Ataide y el capitán de Malaca», en *Iberoromania,* 14 (1981), 42-59.

Halkhoree, Premraj: *Calderón: El alcalde de Zalamea* (Londres, Grant and Cutler, 1972).

Halkhoree, Premraj: «The Four Days of *El alcalde de Zalamea*, en *Romanistisches Jahrbuch*, 22 (1971), 284-296.

Hesse, E. W.: *Calderón de la Barca* (Nueva York, Twayne, 1967).

Hill, Deborah: *«El alcalde de Zalamea:* a chronological, annotated bibliography», en *Hispania,* 66 (1983), 48-63.

Honig, E.: «Honor Humanized: The Mayor of Zalamea», en *Calderón and the Seizures of Honor* (Cambridge, Massachusetts, Harvard University Press, 1972), 81-109.

Jones, C. A.: «Honour in *El alcalde de Zalamea*», en *Modern Language Review,* 50 (1955), 444-449.

Kersten, R.: *«El alcalde de Zalamea* y su refundición

por Calderón», en *Homenaje a Joaquín Casalduero* (Madrid, Gredos, 1972), 263-274.

McKendrick, Melveena: «Pedro Crespo: Soul de Discretion», en *Bulletin of Hispanic Studies*, 57 (1980), 103-112.

Mallarino, V.: «*El alcalde de Zalamea* y *Fuenteovejuna* frente al derecho penal», en *Revista de las Indias*, 14 (1942), 358-367.

Parker, A. A.: «La estructura dramática de *El alcalde de Zalamea*», en *Homenaje a Joaquín Casalduero* (Madrid, Gredos, 1972), 411-418.

Parker, A. A.: «Towards a Definition of Calderonian Tragedy», en *Bulletin of Hispanic Studies*, 39 (1962), 222-237.

Pérez Pastor, C.: *Documentos para la biografía de Don Pedro Calderón de la Barca* (Madrid, 1905).

Ruano de la Haza, José M.: «La puesta en escena de *La mujer que manda en casa*, de Tirso», en *Revista Canadiense de Estudios Hispánicos*, 10 (1986), 235-246.

Ruano de la Haza, José M.: «The Staging of Calderón's *La vida es sueño* and *La dama duende*», en *Bulletin of Hispanic Studies*, 64 (1987), 51-63.

Ruiz Ramón, F.: *Historia del teatro español desde sus orígenes hasta 1900* (Madrid, Alianza, 1967).

Sentaurens, Jean: *Séville et le théâtre de la fin du Moyen Age a la fin du XVIIe siècle*, 2 vols. (Burdeos, Presses Universitaires de Bordeaux, 1984).

Shergold, Norman D.: *A History of the Spanish Stage from Medieval Times until the End of the Seventeenth Century* (Oxford, Clarendon, 1967).

Sloman, Albert E.: *The Dramatic Craftsmanship of Calderón: His Use of Earlier Plays* (Oxford, Dolphin, 1958).

Sloman, Albert E.: «Scene Division in Calderón's *El alcalde de Zalamea*», en *Hispanic Review*, 19 (1951), 66-71.

Smith, P. L.: «Calderón's Mayor», en *Romanische Forschungen*, 92 (1980), 110-117.

Sobré, J. M.: «Calderón's Rebellion? Notes on *El alcalde de Zalamea*», en *Bulletin of Hispanic Studies*, 54 (1977), 215-222.

Soons, C. A.: «Caracteres e imágenes en *El alcalde de Zalamea*», en *Romanische Forschungen*, 72 (1960), 104-107.

Sullivan, Henry W.: «*El alcalde de Zalamea* de Calderón en el teatro europeo de la segunda mitad del siglo XVIII», en *Actas del Congreso Internacional sobre Calderón*, ed. L. García Lorenzo (Madrid, CSIC, 1983), vol. III, 1471-1477.

Valbuena Briones, Ángel: «Una interpretación de *El alcalde de Zalamea*», en *Arbor*, 385 (1978), 25-39.

Valbuena Prat, Ángel: *Calderón, su personalidad, su arte dramático, su estilo y sus obras* (Barcelona, Juventud, 1941).

Varey, John E.: «Espacio escénico», en *Teatro Clásico Español. Problemas de una lectura actual*, II Jornadas de Teatro Clásico Español, Almagro, 1979, ed. Francisco Ruiz Ramón (Madrid, Ministerio de Cultura, 1980), 19-34.

Varey, John E.: «Space and Time in the Staging of Calderon's *The Mayor of Zalamea*», en *Staging in the Spanish Theatre*, ed. Margaret A. Rees (Leeds, Trinity and All Saints' College, 1984), 11-25.

Varey, John E., y Shergold, Norman D.: «Some Early Calderón Dates», en *Bulletin of Hispanic Studies*, 38 (1961), 274-286.

Wardropper, Bruce W. (ed.): *Critical Essays on the*

Theatre of Calderón (Nueva York, New York University Press, 1965).

Wilson, Edward M.: «The Four Elements in the Imagery of Calderón», en *Modern Language Review,* 31 (1936), 34-37.

Ynduráin, Domingo: *«El alcalde de Zalamea:* Historia, Ideología, Literatura», en *Edad de Oro,* 5 (1986), 299-311.

EL ALCALDE DE ZALAMEA

PERSONAS

EL REY FELIPE II
DON LOPE DE FIGUEROA
DON ÁLVARO DE ATAIDE, *capitán*
UN SARGENTO
REBOLLEDO, *soldado*
LA CHISPA
PEDRO CRESPO, *labrador viejo*
JUAN, *hijo de Pedro Crespo*
ISABEL, *hija de Pedro Crespo*
INÉS, *prima de Isabel*
DON MENDO, *hidalgo*
NUÑO, *criado*
UN ESCRIBANO
SOLDADOS
LABRADORES

JORNADA PRIMERA

CUADRO ÚNICO

(Salen REBOLLEDO, *la* CHISPA *y soldados.)*

REBOLLEDO.
¡Cuerpo de Cristo con quien
desta suerte hace marchar
de un lugar a otro lugar
sin dar un refresco!

TODOS.
                                          Amén.

REBOLLEDO.
¿Somos gitanos aquí
para andar desta manera?
¿Una arrollada bandera
nos ha de llevar tras sí,
con una caja...

SOLDADO 1.º
                              ¿Ya empiezas?

REBOLLEDO.
...que este rato que calló,
nos hizo merced de no
rompernos estas cabezas?

SOLDADO 2.º
No muestres deso pesar,
si ha de olvidarse, imagino,
el cansancio del camino
a la entrada del lugar.

REBOLLEDO.   ¿A qué entrada, si voy muerto?
                   Y aunque llegue vivo allá,
                   sabe mi Dios si será
                   para alojar; pues es cierto
                   llegar luego al comisario
                   los alcaldes a decir
                   que si es que se pueden ir,
                   que darán lo necesario;
                   reponderles, lo primero,
                   que es imposible, que viene
                   la gente muerta; y si tiene
                   el Concejo algún dinero,
                   decir: «Señores soldados:
                   orden hay que no paremos;
                   luego al instante marchemos.»
                   Y nosotros, muy menguados,
                   a obedecer al instante
                   orden que es, en caso tal,
                   para él orden monacal,
                   y para mí mendicante.
                   Pues ¡voto a Dios! que si llego
                   esta tarde a Zalamea[1],
                   y pasar de allí desea
                   por diligencia o por ruego,
                   que ha de ser sin mí la ida;
                   pues no, con desembarazo,
                   será el primer tornillazo[2]
                   que habré yo dado en mi vida.
SOLDADO 1.º   Tampoco será el primero

---

[1] *Zalamea:* Hoy Zalamea de la Serena, en la provincia de Badajoz.

[2] *tornillazo:* derivado de «tornillero», desertor; es voz de germanía.

que haya la vida costado
a un miserable soldado;
y más hoy, si considero
que es el cabo[3] desta gente
don Lope de Figueroa[4],
que, si tiene tanta loa
de animoso y de valiente,
la tiene también de ser
el hombre más desalmado,
jurador y renegado
del mundo, y que sabe hacer
justicia del más amigo,
sin fulminar el proceso[5].

REBOLLEDO. ¿Ven vustedes todo eso?
Pues yo haré lo que yo digo.

SOLDADO 2.º ¿De eso un soldado blasona?

REBOLLEDO. Por mí muy poco me inquieta;
sino por esa pobreta,
que viene tras la persona.

CHISPA. Seor Rebolledo, por mí
vuecé no se aflija, no;
que bien se sabe que yo
barbada el alma nací,
y ese temor me deshonra;
pues no vengo yo a servir
menos que para sufrir

---

[3] *cabo:* del latín *caput,* cabeza, general del ejército.
[4] *don Lope de Figueroa:* personaje histórico (1520?-1595), famoso general de Felipe II, bien conocido del público de los corrales ya que aparece como personaje en varias obras teatrales de la época, entre ellas *Amar después de la muerte* del mismo Calderón.
[5] *sin fulminar el proceso:* sin entrometerse o dificultar el proceso por amistad.

trabajos con mucha honra;
que para estarme, en rigor,
regalada, no dejara
en mi vida, cosa es clara,
la casa del regidor,
donde todo sobra, pues
al mes mil regalos vienen;
que hay regidores que tienen
menos regla con el mes [6].
Y pues a venir aquí,
a marchar y perecer
con Rebolledo, sin ser
postema [7], me resolví,
por mí ¿en qué duda o repara?

REBOLLEDO.   ¡Viven los cielos, que eres
corona de las mujeres!

SOLDADO 2.º   Aquesa es verdad bien clara.
¡Viva la Chispa!

REBOLLEDO.   ¡Reviva!
Y más si, por divertir
esta fatiga de ir
cuesta abajo y cuesta arriba,
con su voz el aire inquieta
una jácara [8] o una canción.

CHISPA.   Responda a esa petición
citada la castañeta.

REBOLLEDO.   Y yo ayudaré también.

_____

[6]   *menos regla con el mes:* juego de palabras que alude al ciclo menstrual de la mujer y, por implicación, a la regularidad con que los corregidores eran sobornados.

[7]   *postema:* tumor supurado; en sentido figurado, persona molesta y pesada.

[8]   *jácara:* derivado de jaque, matón, rufián; era un baile cantado sobre temas de la vida rufianesca.

Sentencien los camaradas
todas las partes citadas.

SOLDADO 1.º ¡Vive Dios, que han dicho bien!

(Cantan REBOLLEDO *y la* CHISPA.)

CHISPA.   *Yo soy tiri, tiri, taina*
                 flor de la jacarandaina.
REBOLLEDO.   *Yo soy tiri, tiri, tina,*
                 flor de la jacarandina.
CHISPA.   *Vaya a la guerra el alférez,*
                 y embárquese el capitán.
REBOLLEDO.   *Mate moros quien quisiere,*
                 que a mí no me han hecho mal.
CHISPA.   *Vaya y venga la tabla al horno,*
                 y a mí no me falte pan.
REBOLLEDO.   *Huéspeda, máteme una gallina;*
                 que el carnero me hace mal.
SOLDADO 1.º   Aguarda; que ya me pesa
                 (que íbamos entretenidos
                 en nuestros mismos oídos),
                 caballeros, de ver esa
                 torre, pues es necesario
                 que donde paremos sea.
REBOLLEDO.   ¿Es aquélla Zalamea?
CHISPA.   Dígalo su campanario.
                 No sienta tanto vusté,
                 que cese el cántico ya;
                 mil ocasiones habrá
                 en que lograrle, porque
                 esto me divierte tanto,
                 que como de otras no ignoran
                 que a cada cosica lloran,
                 yo a cada cosica canto,

                          y oirá ucé jácaras ciento.
REBOLLEDO.   Hagamos alto aquí, pues
                          justo, hasta que venga, es,
                          con la orden el Sargento,
                          por si hemos de entrar marchando
                          o en tropas.
SOLDADO 1.º   El solo es quien
                          llega ahora; mas también
                          el Capitán esperando
                          está.

                  (Salen el CAPITÁN *y el* SARGENTO.*)*

CAPITÁN.   Señores soldados,
                          albricias [9] puedo pedir;
                          de aquí no hemos de salir,
                          y hemos de estar alojados
                          hasta que don Lope venga
                          con la gente que quedó
                          en Llerena [10]; que hoy llegó
                          orden de que se prevenga
                          toda, y no salga de aquí
                          a Guadalupe [11] hasta que
                          junto todo el tercio esté,
                          y él vendrá luego; y así,
                          del cansancio bien podrán
                          descansar algunos días.
REBOLLEDO.   Albricias pedir podías.
TODOS.   ¡Vítor nuestro Capitán!

---

[9]   *albricias:* regalo que se da al que trae buenas noticias.
[10]   *Llerena:* otro pueblo de la provincia de Badajoz, cercano a
Zalamea.
[11]   *Guadalupe:* pueblo de la provincia de Cáceres.

CAPITÁN.   Ya está hecho el alojamiento;
                el comisario irá dando
                boletas [12], como llegando
                fueren.
CHISPA.   Hoy saber intento
                por qué dijo, voto a tal,
                aquella jacarandina:
                «Huéspeda, máteme una gallina;
                que el carnero me hace mal.»

                (Vanse todos y queden el CAPITÁN *y
                el* SARGENTO.)

CAPITÁN.   Señor Sargento, ¿ha guardado
                las boletas para mí,
                que me tocan?
SARGENTO.   Señor, sí.
CAPITÁN.   ¿Y dónde estoy alojado?
SARGENTO.   En la casa de un villano
                que el hombre más rico es
                del lugar, de quien después
                he oído que es el más vano
                hombre del mundo, y que tiene
                más pompa y más presunción
                que un infante de León.
CAPITÁN.   ¡Bien a un villano conviene,
                rico, aquesa vanidad!
SARGENTO.   Dicen que ésta es la mejor
                casa del lugar, señor;
                y si va a decir verdad,
                ya la escogí para ti,

---

[12] *boletas:* cédulas que indican dónde se van a alojar los soldados.

	no tanto por que lo sea
	como porque en Zalamea
	no hay tan bella mujer...
CAPITÁN.	Di.
SARGENTO.	...como una hija suya.
CAPITÁN.	Pues
	por muy hermosa y muy vana,
	¿será más que una villana
	con malas manos y pies?
SARGENTO.	¿Que haya en el mundo quien diga
	eso?
CAPITÁN.	¿Pues no, mentecato?
SARGENTO.	¿Hay más bien gastado rato
	(a quien amor no le obliga,
	sino ociosidad no más)
	que el de una villana, y ver
	que no acierta a responder
	a propósito jamás?
CAPITÁN.	Cosa es que en toda mi vida,
	ni aun de paso me agradó;
	porque en no mirando yo
	aseada y bien prendida [13]
	una mujer, me parece
	que no es mujer para mí.
SARGENTO.	Pues para mí, señor, sí,
	cualquiera que se me ofrece.
	Vamos allá; que por Dios,
	que me pienso entretener
	con ella.
CAPITÁN.	¿Quieres saber
	cuál dice bien de los dos?
	El que una belleza adora,

---

[13] *prendida:* adornada, ataviada.

dijo, viendo a la que amó:
«Aquélla es mi dama», y no:
«Aquélla es mi labradora.»
Luego si dama se llama
la que se ama, claro es ya
que en una villana está
vendido el nombre de dama.
Mas ¿qué ruido es ése?

SARGENTO.   Un hombre,
que de un flaco rocinante
a la vuelta desa esquina
se apeó, y en rostro y talle
parece aquel don Quijote[14],
de quien Miguel de Cervantes
escribió las aventuras.

CAPITÁN.   ¡Qué figura tan notable!

SARGENTO.   Vamos, señor; que ya es hora.

CAPITÁN.   Lléveme el Sargento antes
a la posada la ropa,
y vuelva luego ,a avisarme.

(Vanse y salen DON MENDO, *hidalgo
de figura, y* NUÑO.)

D. MENDO.   ¿Cómo va el rucio?

NUÑO.   Rodado[15],
pues no puede menearse.

---

[14]   *don Quijote:* se trata de un anacronismo ya que la acción de
la obra se desarrolla en 1580 y la primera parte del *Quijote* no se
publicó hasta 1605.

[15]   *rucio rodado:* juego de palabras basado en los dos significados de «rodado»: bestia que tiene manchas redondas más oscuras
que el color general de su pelo y baqueteado.

D. MENDO.	¿Dijiste al lacayo, di,
	que un rato le pasease?
NUÑO.	¡Qué lindo pienso!
D. MENDO.	No hay cosa
	que tanto a un bruto descanse.
NUÑO.	Aténgome a la cebada.
D. MENDO.	¿Y que a los galgos no aten,
	dijiste?
NUÑO.	Ellos se holgarán;
	mas no el carnicero.
D. MENDO.	Baste;
	y pues han dado las tres,
	cálzome palillo [16] y guantes.
NUÑO.	¿Si te prenden el palillo
	por palillo falso?
D. MENDO.	Si alguien,
	que no he comido un faisán,
	dentro de sí imaginare,
	que allá dentro de sí miente,
	aquí y en cualquiera parte
	le sustentaré.
NUÑO.	¿Mejor
	no sería sustentarme
	a mí, que al otro? Que en fin,
	te sirvo.
D. MENDO.	¡Qué necedades!
	En efeto, ¿que han entrado
	soldados aquesta tarde
	en el pueblo?

---

[16]   *cálzome el palillo:* la figura del hidalgo pobre que sale a la
calle con un palillo entre los dientes para dar a entender que ha
comido opíparamente aparece ya en el tratado III del *Lazarillo de
Tormes.*

NUÑO.   Sí, señor.
D. MENDO.   Lástima da el villanaje
                con los huéspedes que espera.
NUÑO.   Más lástima da y más grande
                con los que no espera...
D. MENDO.   ¿Quién?
NUÑO.   La hidalguez; y no te espante;
                que si no alojan, señor,
                en cas de hidalgos a nadie,
                ¿por qué piensas que es?
D. MENDO.   ¿Por qué?
NUÑO.   Porque no se mueran de hambre.
D. MENDO.   En buen descanso esté el alma
                de mi buen señor y padre,
                pues en fin me dejó una
                ejecutoria tan grande,
                pintada de oro y azul,
                exención de mi linaje.
NUÑO.   Tomáramos que dejara
                un poco del oro aparte.
D. MENDO.   Aunque si reparo en ello,
                y si va a decir verdades,
                no tengo que agradecerle
                de que hidalgo me engendrase,
                porque yo no me dejara
                engendrar, aunque él porfiase,
                si no fuera de un hidalgo,
                en el vientre de mi madre.
NUÑO.   Fuera de saber difícil.
D. MENDO.   No fuera sino muy fácil.
NUÑO.   ¿Cómo, señor?
D. MENDO.   Tú, en efeto,
                filosofía no sabes,
                y así ignoras los principios.

NUÑO.   Sí, mi señor, y aun los antes
                 y postres, desde que como
                 contigo; y es, que al instante,
                 mesa divina es tu mesa,
                 sin medios, postres, ni antes.

D. MENDO.   Yo no digo esos principios.
                 Has de saber que el que nace,
                 sustancia es del alimento
                 que antes comieron sus padres.

NUÑO.   ¿Luego tus padres comieron?
                 Esa maña no heredaste.

D. MENDO.   Eso después se convierte
                 en su propia carne y sangre;
                 luego si hubiera comido
                 el mío cebolla, al instante
                 me hubiera dado el olor,
                 y hubiera dicho yo: «Tate,
                 que no me está bien hacerme
                 de excremento semejante.»

NUÑO.   Ahora digo que es verdad...

D. MENDO.   ¿Qué?

NUÑO.   ...que adelgaza la hambre
                 los ingenios.

D. MENDO.   Majadero,
                 ¿téngola yo?

NUÑO.   No te enfades;
                 que si no la tienes, puedes
                 tenerla, pues de la tarde
                 son ya las tres, y no hay greda [17]
                 que mejor las manchas saque,
                 que tu saliva y la mía.

_____
[17]   *greda:* arcilla arenosa que sirve para desengrasar y quitar
manchas.

D. MENDO.
Pues ésa, ¿es causa bastante
para tener hambre yo?
Tengan hambre los gañanes;
que no somos todos unos;
que a un hidalgo no le hace
falta el comer.

NUÑO.
               ¡Oh, quién fuera
hidalgo!

D. MENDO.
          Y más no me hables
desto, pues ya de Isabel
vamos entrando en la calle.

NUÑO.
¿Por qué, si de Isabel eres
tan firme y rendido amante,
a su padre no la pides?
Pues con eso tú y su padre
remediaréis de una vez
entrambas necesidades;
tú comerás, y él hará
hidalgos sus nietos.

D. MENDO.
             No hables
más, Nuño, calla. ¿Dineros
tanto habían de postrarme,
que a un hombre llano por fuerza
había de admitir?

NUÑO.
             Pues antes
pensé que ser hombre llano,
para suegro, era importante;
pues de otros dicen que son
tropezones en que caen
los yernos. Y si no has
de casarte, ¿por qué haces
tantos extremos de amor?

D. MENDO.
¿Pues no hay, sin que yo me case,

	Huelgas en Burgos[18], adonde

                     Huelgas en Burgos[18], adonde
                     llevarla, cuando me enfade?
                     Mira si acaso la ves.

NUÑO.   Temo, si acierta a mirarme
                     Pedro Crespo...

D. MENDO.   ¿Qué ha de hacerte,
                     siendo mi criado, nadie?
                     Haz lo que manda tu amo.

NUÑO.   Sí haré, aunque no he de sentarme
                     con él a la mesa[19].

D. MENDO.   Es propio
                     de los que sirven, refranes.

NUÑO.   Albricias, que con su prima
                     Inés, a la reja sale.

D. MENDO.   Di que por el bello Oriente,
                     coronado de diamantes,
                     hoy, repitiéndose el sol,
                     amanece por la tarde.

                     (Salen a la ventana ISABEL *e* INÉS,
                     labradoras.)

INÉS.   Asómate a esa ventana,
                     prima, así el cielo te guarde;
                     verás los soldados que entran
                     en el lugar.

ISABEL.   No me mandes
                     que a la ventana me ponga,

---

[18] *Huelgas en Burgos:* Santa María de las Huelgas, monasterio cisterciense fundado por Alfonso VIII de Castilla donde solían refugiarse las doncellas de alta alcurnia que eran deshonradas y abandonadas por sus amantes.

[19] *no he de sentarme con él a la mesa:* el refrán dice: «Haz lo que tu amo te manda y te sentarás con él a la mesa.»

	estando este hombre en la calle,
	Inés, pues ya cuánto el verle
	en ella me ofende sabes.
INÉS.	En notable tema ha dado
	de servirte y festejarte.
ISABEL.	No soy más dichosa yo.
INÉS.	A mi parecer, mal haces
	de hacer sentimiento desto.
ISABEL.	Pues ¿qué había de hacer?
INÉS.	Donaire.
ISABEL.	¿Donaire de los disgustos?
D. MENDO.	Hasta aqueste mismo instante,
	jurara yo, a fe de hidalgo
	(que es juramento inviolable),
	que no había amanecido;
	mas ¿qué mucho que lo extrañe,
	hasta que a vuestras auroras
	segundo día les sale?
ISABEL.	Ya os he dicho muchas veces,
	señor Mendo, cuán en balde
	gastáis finezas de amor,
	locos extremos de amante
	haciendo todos los días
	en mi casa y en mi calle.
D. MENDO.	Si las mujeres hermosas
	supieran cuánto las hace
	más hermosas el enojo,
	el rigor, desdén y ultraje,
	en su vida gastarían
	más afeite[20] que enojarse.
	Hermosa estáis, por mi vida.
	Decid, decid más pesares.

---

[20]   *afeite:* cosméticos.

ISABEL.   Cuando no baste el decirlos,
                don Mendo, el hacerlos baste
                de aquesta manera. Inés,
                éntrate acá dentro, y dale
                con la ventana en los ojos.   (Vase.)
INÉS.   Señor caballero andante,
                que de aventurero entráis
                siempre en lides semejantes,
                porque de mantenedor [21]
                no es para vos tan fácil,
                amor os provea.   (Vase.)
D. MENDO.   Inés...
                Las hermosas se salen
                con cuanto ellas quieren, Nuño.
NUÑO.   ¡Oh qué desairados nacen
                todos los pobres!

                (Sale PEDRO CRESPO, labrador.)

CRESPO.   *(Aparte.)*   ¡Que nunca
                entre y salga yo en mi calle,
                que no vea a este hidalgote
                pasearse en ella muy grave!
NUÑO.   *(Aparte a su amo.)*
                Pedro Crespo viene aquí.
D. MENDO.   Vamos por estotra parte,
                que es villano malicioso.

                (Sale JUAN, hijo de CRESPO.)

JUAN.   *(Aparte.)*
                ¡Que siempre que venga, halle

---

[21]   *mantenedor:* el que mantiene un torneo.

	este fantasma en mi puerta,
	calzado de frente y guantes! [22].
NUÑO.	*(Aparte a su amo.)*
	Pero acá viene su hijo.
D. MENDO.	No te turbes ni embaraces.
CRESPO.	*(Aparte.)*
	Mas Juanico viene aquí.
JUAN.	*(Aparte.)*
	Pero aquí viene mi padre.
D. MENDO.	*(Aparte a Nuño. Disimula.)* Pedro
	[Crespo,
	Dios os guarde.
CRESPO.	Dios os guarde.

(Vanse D. MENDO *y* NUÑO.*)*

CRESPO.	*(Aparte.)*
	Él ha dado en porfiar,
	y alguna vez he de darle
	de manera que le duela.
JUAN.	*(Aparte.* Algún día he de enojarme.)
	¿De adónde bueno, señor?
CRESPO.	De las eras; que esta tarde
	salí a mirar la labranza,
	y están las parvas notables
	de manojos y montones,
	que parecen al mirarse
	desde lejos montes de oro,
	y aun oro de más quilates,
	pues de los granos de aquéste
	es todo el cielo el contraste [23].

---

[22] *calzado de frente y guantes:* con sombrero y guantes.

[23] *contraste:* oficial que pesaba monedas de oro y plata para determinar su peso y quilates.

Allí el bielgo, hiriendo a soplos
el viento en ellos süave,
deja en esta parte el grano
y la paja en la otra parte;
que aun allí lo más humilde
da el lugar a lo más grave.
¡Oh, quiera Dios que en las trojes [24]
yo llegue a encerrarlo, antes
que algún turbión me lo lleve,
o algún viento me las tale!
Tú, ¿qué has hecho?

JUAN.   No sé cómo
decirlo sin enojarte.
A la pelota he jugado
dos partidos esta tarde,
y entrambos los he perdido.

CRESPO.   Haces bien, si los pagaste.

JUAN.   No los pagué; que no tuve
dineros para ello; antes
vengo a pedirte, señor...

CRESPO.   Pues escucha antes de hablarme.
Dos cosas no has de hacer nunca:
no ofrecer lo que no sabes
que has de cumplir, ni jugar
más de lo que está delante;
porque si por accidente
falta, tu opinión no falte.

JUAN.   El consejo es como tuyo,
y por tal debo estimarle;
y he de pagarte con otro:
en tu vida no has de darle

---

[24]   *trojes:* graneros para cereales.

consejo al que ha menester
dinero.

CRESPO.   ¡Bien te vengaste!

(Sale el SARGENTO.*)*

SARGENTO.   ¿Vive Pedro Crespo aquí?
CRESPO.   ¿Hay algo que usté le mande?
SARGENTO.   Traer a su casa la ropa
              de don Álvaro de Ataide,
              que es el capitán de aquesta
              compañía, que esta tarde
              se ha alojado en Zalamea.
CRESPO.   No digáis más; eso baste,
              que para servir a Dios,
              y al Rey en sus capitanes,
              está mi casa y mi hacienda.
              Y en tanto que se le hace
              el aposento, dejad
              la ropa en aquella parte,
              e id a decirle que venga,
              cuando su merced mandare,
              a que se sirva de todo.
SARGENTO.   Él vendrá luego al instante.   *(Vase.)*
JUAN.   ¿Que quieras, siendo tú rico,
              vivir a estos hospedajes
              sujeto?
CRESPO.   Pues ¿cómo puedo
              excusarlos ni excusarme?
JUAN.   Comprando una ejecutoria.
CRESPO.   Dime, por tu vida, ¿hay alguien
              que no sepa que yo soy,
              si bien de limpio linaje [25],

---

[25] *de limpio linaje:* sin antepasados musulmanes o judíos.

hombre llano? No por cierto;
pues ¿qué gano yo en comprarle
una ejecutoria al Rey,
si no le compro la sangre?
¿Dirán entonces que soy
mejor que ahora? No, es dislate.
Pues ¿qué dirán? Que soy noble
por cinco o seis mil reales.
Y esto es dinero, y no es honra;
que honra no la compra nadie.
¿Quieres, aunque sea trivial,
un ejemplillo escucharme?
Es calvo un hombre mil años,
y al cabo dellos se hace
una cabellera. Éste,
en opiniones vulgares,
¿deja de ser calvo? No.
Pues ¿qué dicen al mirarle?:
«¡Bien puesta la cabellera
trae Fulano!» Pues ¿qué hace,
si, aunque no le vean la calva,
todos que la tiene saben?

JUAN.   Enmendar su vejación,
remediarse de su parte,
y redimir las molestias
del sol, del hielo y del aire.

CRESPO.   Yo no quiero honor postizo,
que el defeto ha de dejarme
en casa. Villanos fueron
mis abuelos y mis padres;
sean villanos mis hijos.
Llama a tu hermana.

JUAN.   Ella sale.

(Salen ISABEL *e* INÉS.*)*

CRESPO.   Hija, el Rey nuestro señor,
que el cielo mil años guarde,
va a Lisboa [26], porque en ella
solicita coronarse
como legítimo dueño;
a cuyo efeto, marciales
tropas caminan con tantos
aparatos militares
hasta bajar a Castilla
el tercio viejo de Flandes
con un don Lope, que dicen
todos que es español Marte.
Hoy han de venir a casa
soldados, y es importante
que no te vean; así, hija,
al punto has de retirarte
en esos desvanes, donde
yo vivía.

ISABEL.   A suplicarte
me dieses esta licencia
venía yo. Sé que el estarme
aquí es estar solamente
a escuchar mil necedades.
Mi prima y yo en ese cuarto
estaremos, sin que nadie,
ni aun el sol mismo, no sepa
de nosotras.

---

[26] *Lisboa:* Felipe II heredó el reino de Portugal en 1580, a la
muerte de don Sebastián en la batalla de Alcazarquivir (agosto de
1578) y del cardenal-infante don Enrique (enero de 1580). Su
llegada a la capital portuguesa acaeció el 27 de julio de 1581, tres
meses después de que las Cortes de Tomar le proclamaran rey de
Portugal.

CRESPO.   Dios os guarde.
                  Juanico, quédate aquí;
                  recibe a huéspedes tales,
                  mientras busco en el lugar
                  algo con que regalarles.   *(Vase.)*
ISABEL.   Vamos, Inés.
INÉS.   Vamos, prima;
                  mas tengo por disparate
                  el guardar a una mujer,
                  si ella no quiere guardarse.   *(Vanse.)*

                  (Salen el CAPITÁN *y el* SARGENTO.*)*

SARGENTO.   Ésta es, señor, la casa.
CAPITÁN.   Pues del cuerpo de guardia al punto
                                                   [pasa
                  toda mi ropa.
SARGENTO.   *(Aparte al* CAPITÁN.*)*
                                 Quiero
                  registrar[27] la villana lo primero.*(Vase.)*
JUAN.   Vos seáis bien venido
                  a aquesta casa; que ventura ha sido
                  grande venir a ella un caballero
                  tan noble como en vos le considero.
                  (Aparte. ¡Qué galán y alentado!
                  Envidia tengo al traje de soldado.*)*
CAPITÁN.   Vos seáis bien hallado.
JUAN.   Perdonaréis no estar acomodado,
                  que mi padre quisiera
                  que hoy un alcázar esta casa fuera.
                  Él ha ido a buscaros
                  que comáis; que desea regalaros.

---

[27] *registrar:* examinar con cuidado.

Y yo voy a que esté vuestro aposento
aderezado.

CAPITÁN.   Agradecer intento
la merced y el cuidado.

JUAN.   Estaré siempre a vuestros pies pos-
                                        [trado. *(Vase.)*

(Sale el SARGENTO.*)*

CAPITÁN.   ¿Qué hay, Sargento? ¿Has ya visto
a la tal labradora?

SARGENTO.   ¡Vive Cristo!,
que con aquese intento,
no he dejado cocina ni aposento,
y que no la he topado.

CAPITÁN.   Sin duda el villanchón[28] la ha retirado.

SARGENTO.   Pregunté a una criada
por ella, y respondióme que ocupada
su padre la tenía
en ese cuarto alto, y que no había
de bajar nunca acá; que es muy celoso.

CAPITÁN.   ¿Qué villano no ha sido malicioso?
De mí digo que si hoy aquí la viera,
della caso no hiciera;
y sólo porque el viejo la ha guardado,
deseo, vive Dios, de entrar me ha dado
donde está.

SARGENTO.   Pues ¿qué haremos
para que allá, señor, con causa entre-
                                        [mos
sin dar sospecha alguna?

CAPITÁN.   Sólo por tema la he de ver, y una
industria he de buscar.

----

28   *villanchón:* villano grosero.

SARGENTO.   Aunque no sea
de mucho ingenio, para quien la vea
hoy, no importará nada;
que con eso será más celebrada.

CAPITÁN.   Óyela, pues, agora.
SARGENTO.   Di ¿qué ha sido?
CAPITÁN.   Tú has de fingir... Mas no; pues que
                                                [ha venido
este soldado, que es más despejado,
él fingirá mejor lo que he trazado.

(Salen REBOLLEDO *y la* CHISPA.)

REBOLLEDO.   *(A la* CHISPA.)
Con este intento vengo
a hablar al Capitán, por ver si tengo
dicha en algo.

CHISPA.   Pues háblale de modo
que le obligues; que en fin no ha de
                                                [ser todo
desatino y locura.

REBOLLEDO.   Préstame un poco tú de tu cordura.
CHISPA.   Poco y mucho pudiera.
REBOLLEDO.   Mientras hablo con él, aquí me espera.
—Yo vengo a suplicarte...

CAPITÁN.   *(Al* SARGENTO.)   En cuanto
                                                [puedo
ayudaré, por Dios a Rebolledo,
porque me ha aficionado
su despejo y su brío.

SARGENTO.   Es gran soldado.
CAPITÁN.   *(A* REBOLLEDO.)
Pues ¿qué hay que se le ofrezca?

REBOLLEDO.   Yo he
                                                [perdido

                          cuanto dinero tengo y he tenido
                          y he de tener, porque de pobre juro
                          en presente, pretérito y futuro.
                          Hágaseme merced de que, por vía
                          de ayudilla de costa [29], aqueste día
                          el alférez me dé...

CAPITÁN.   Diga, ¿qué intenta?
REBOLLEDO.   El juego del boliche [30] por mi cuenta;
                          que soy hombre cargado
                          de obligaciones, y hombre, al fin,
                                                          [honrado.
CAPITÁN.   Digo que eso es muy justo,
                          y el alférez sabrá que éste es mi gusto.
CHISPA.   *(Aparte.)*
                          Bien le habla el Capitán. ¡Oh, si me
                                                          [viera
                          llamar de todos ya la Bolichera!
REBOLLEDO.   Daréle ese recado.
CAPITÁN.   Oye, primero
                          que le lleves. De ti fiarme quiero
                          para cierta invención que he imaginado,
                          con que salir intento de un cuidado.
REBOLLEDO.   Pues ¿qué es lo que se aguarda?
                          Lo que tarda en saberse es lo que tarda
                          en hacerse.
CAPITÁN.   Escúchame. Yo intento
                          subir a ese aposento,
                          por ver si en él una persona habita
                          que de mí hoy esconderse solicita.
REBOLLEDO.   Pues ¿por qué no le subes?

---

[29]   *ayudilla de costa:* remuneración, además del sueldo.
[30]   *boliche:* juego de bolas que había que introducir por unos
cañoncillos dispuestos en una mesa.

CAPITÁN.   No quisiera
sin que alguna color [31] para esto hu-
                                          [biera,
por disculparlo más; y así fingiendo
que yo riño contigo, has de irte huyendo
por ahí arriba. Yo entonces, enojado,
la espada sacaré; tú, muy turbado,
has de entrarte hasta donde
esta persona que busqué se esconde.

REBOLLEDO.   Bien informado quedo.

CHISPA.   *(Aparte.)*
Pues habla el Capitán con Rebolledo
hoy de aquella manera,
desde hoy me llamarán la Bolichera.

REBOLLEDO.   ¡Voto a Dios, que han tenido
esta ayuda de costa que he pedido
un ladrón, un gallina y un cuitado!
Y ahora que la pide un hombre hon-
                                      [rado,
¡no se la dan!

CHISPA.   *(Aparte.)*   Ya empieza su tronera.

CAPITÁN.   Pues ¿cómo me habla a mí desa
                                          [manera?

REBOLLEDO.   ¿No tengo de enojarme
cuando tengo razón?

CAPITÁN.   No, ni ha de ha-
                                          [blarme.
Y agradezca que sufro aqueste exceso.

REBOLLEDO.   Ucé es mi Capitán; sólo por eso
callaré; más, por Dios, que si hubiera
la bengala [32] en la mano...

---

[31]   *color:* pretexto.
[32]   *bengala:* bastón de mando militar.

CAPITÁN.	*(Echando mano a la espada.)*
CHISPA.	¿Qué me [hiciera?

¡Tente, señor! *(Aparte.* Su muerte con-
[sidero.)

REBOLLEDO.	... que me hablara mejor.
CAPITÁN.	¿Qué es lo [que espero,

que no doy muerte a un pícaro atrevido?
(Desenvaina.)

REBOLLEDO.	Huyo, por el respeto que he tenido

a esa insignia.

CAPITÁN.	Aunque huyas

te he de matar.

CHISPA.	*(Aparte.)* Ya él hizo de las suyas.
SARGENTO.	¡Tente, señor!
CHISPA.	¡Escucha!
SARGENTO.	¡Aguarda, espera!
CHISPA.	Ya no me llamarán la Bolichera.

(Éntrale acuchillando, y sale JUAN *con
espada y* PEDRO CRESPO.)*

JUAN.	¡Acudid todos presto!
CRESPO.	¿Qué ha sucedido aquí?
JUAN.	¿Qué ha sido [aquesto?
CHISPA.	Que la espada ha sacado

el Capitán aquí para un soldado,
y esa escalera arriba,
sube tras él.

CRESPO.	¿Hay suerte más esquiva?
CHISPA.	Subid todos tras él.

JUAN.   *(Aparte.)*   Acción fue vana
                esconder a mi prima y a mi hermana.

                (Éntranse y salen REBOLLEDO, *huyen-
                do, e* ISABEL *e* INÉS.)

REBOLLEDO.   Señoras, si siempre ha sido
                sagrado el que es templo, hoy
                sea mi sagrado [33] aquéste,
                pues es templo del amor.
ISABEL.   ¿Quién a huir desa manera
                os obliga?
INÉS.   ¿Qué ocasión
                tenéis de entrar hasta aquí?
ISABEL.   ¿Quién os sigue o busca?

                (Salen el CAPITÁN *y el* SARGENTO.)

CAPITÁN.   Yo,
                que tengo de dar la muerte
                al pícaro. ¡Vive Dios,
                si pensase...!
ISABEL.   Deteneos,
                siquiera porque, señor,
                vino a valerse de mí;
                que los hombres como vos
                han de amparar las mujeres,
                si no por lo que ellas son,
                porque son mujeres; que esto
                basta, siendo vos quien sois.
CAPITÁN.   No pudiera otro sagrado

---

[33] *sagrado:* lugar donde podía refugiarse un delincuente, tal
como una iglesia o un monasterio.

librarle de mi furor,
sino vuestra gran belleza;
por ella vida le doy.
Pero mirad que no es bien
en tan precisa ocasión
hacer vos el homicidio
que no queréis que haga yo.

ISABEL. Caballero, si cortés
ponéis en obligación
nuestras vidas, no zozobre
tan presto la intercesión.
Que dejéis este soldado
os suplico; pero no
que cobréis de mí la deuda
a que agradecida estoy.

CAPITÁN. No sólo vuestra hermosura
es de rara perfección,
pero vuestro entendimiento
lo es también, porque hoy en vos
alianza están jurando
hermosura y discreción.

(Salen PEDRO CRESPO *y* JUAN, *las
espadas desnudas.)*

CRESPO. ¿Cómo es eso, caballero?
¿Cuándo pensó mi temor
hallaros matando un hombre
os hallo...

ISABEL. *(Aparte.)* ¡Válgame Dios!

CRESPO. ... requebrando una mujer?
Muy noble, sin duda, sois,
pues que tan presto se os pasan
los enojos.

CAPITÁN.   Quien nació
con obligaciones, debe
acudir a ellas, y yo
al respeto de esta dama
suspendí todo el furor.

CRESPO.   Isabel es hija mía,
y es labradora, señor,
que no dama.

JUAN.   *(Aparte.)*   (¡Vive el cielo,
que todo ha sido invención
para haber entrado aquí!
Corrido en el alma estoy
de que piensen que me engañan,
y no ha de ser.) Bien, señor
Capitán, pudierais ver
con más segura atención
lo que mi padre desea
hoy serviros, para no
haberle hecho este disgusto.

CRESPO.   ¿Quién os mete en eso a vos,
rapaz? ¿Qué disgusto ha habido?
Si el soldado le enojó,
¿no había de ir tras él? Mi hija
estima mucho el favor
del haberle perdonado,
y el de su respeto yo.

CAPITÁN.   Claro está que no habrá sido
otra causa, y ved mejor
lo que decís.

JUAN.   Yo le veo
muy bien.

CRESPO.   Pues ¿cómo habláis vos
así?

CAPITÁN.   Porque estais delante,

                           más castigo no le doy
                           a este rapaz.
CRESPO.   Detened,
                           señor Capitán; que yo
                           puedo tratar a mi hijo
                           como quisiere, y vos no.
JUAN.   Y yo sufrirlo a mi padre,
                           mas a otra persona, no.
CAPITÁN.   ¿Qué habíais de hacer?
JUAN.   Perder
                           la vida por la opinión.
CAPITÁN.   ¿Qué opinión tiene un villano?
JUAN.   Aquella misma que vos;
                           que no hubiera un capitán
                           si no hubiera un labrador.
CAPITÁN.   ¡Vive Dios, que ya es bajeza
                           sufrirlo!
CRESPO.   Ved que yo estoy
                           de por medio.

                           (Sacan las espadas.)

REBOLLEDO.   ¡Vive Cristo,
                           Chispa, que ha de haber hurgón! [34]
CHISPA.   ¡Aquí del cuerpo de guardia!
REBOLLEDO.   ¡Don Lope! Ojo avizor.

                           (Sale DON LOPE, *con hábito* [35] *muy
                           galán y bengala y soldados.)*

---

[34] *hurgón:* estocada. El hurgón es un instrumento de hierro
para remover y atizar la lumbre, pero también se usaba en el
sentido de «estoque».
[35] *hábito:* con el hábito y la insignia de alguna orden de
caballería.

DON LOPE.   ¿Qué es aquesto? ¿La primera
                 cosa que he de encontrar hoy,
                 acabado de llegar,
                 ha de ser una cuestión?

CAPITÁN.   *(Aparte.)*
                 ¡A qué mal tiempo Don Lope
                 de Figueroa llegó!

CRESPO.   *(Aparte.)*
                 Por Dios que se las tenía
                 con todos el rapagón[36].

DON LOPE.   ¿Qué ha habido? ¿Qué ha sucedido?
                 Hablad, porque ¡voto a Dios,
                 que a hombres, mujeres y casa
                 eche por un corredor!
                 ¿No me basta haber subido
                 hasta aquí, con el dolor
                 desta pierna, que los diablos
                 llevaran, amén, sino
                 no decirme: aquesto ha sido?

CRESPO.   Todo esto es nada, señor.

DON LOPE.   Hablad, decid la verdad.

CAPITÁN.   Pues es que alojado estoy
                 en esta casa; un soldado...

DON LOPE.   Decid.

CAPITÁN.   ... ocasión me dio
                 a que sacase con él
                 la espada; hasta aquí se entró
                 huyendo; entréme tras él
                 donde estaban esas dos
                 labradoras; y su padre
                 y su hermano, o lo que son,
                 se han disgustado de que

---

[36]   *rapagón:* derivado de rapaz.

                          entrase hasta aquí.
DON LOPE.   Pues yo
                          a tan buen tiempo he llegado,
                          satisfaré a todos hoy.
                          ¿Quién fue el soldado, decid,
                          que a su capitán le dio
                          ocasión de que sacase
                          la espada?
REBOLLEDO.   *(Aparte.)* ¿Qué, pago yo
                          por todos?
ISABEL.   Aqueste fue
                          el que huyendo hasta aquí entró.
DON LOPE.   Denle dos tratos de cuerda [37].
REBOLLEDO.   ¿Tra... qué me han de dar, señor?
DON LOPE.   Tratos de cuerda.
REBOLLEDO.   Yo hombre
                          de aquesos tratos no soy.
CHISPA.   *(Aparte.)*
                          Desta vez me lo estropean.
CAPITÁN.   *(Aparte a* REBOLLEDO.*)*
                          ¡Ah, Rebolledo!, por Dios,
                          que nada digas; yo haré
                          que te libren.
REBOLLEDO.   *(Aparte al* CAPITÁN.*)*
                                    (¿Cómo no
                          lo he de decir, pues si callo,
                          los brazos me pondrán hoy
                          atrás como mal soldado?)
                          El capitán me mandó

---

[37]   *tratos de cuerda:* tormento que se solía dar atando las
manos por detrás al reo y colgándole por ellas de una cuerda para
dejarle después caer sin llegar a tocar la tierra, con lo cual se le
descoyuntaban los hombros.

que fingiese la pendencia,
para tener ocasión
de entrar aquí.

CRESPO.   Ved agora
si hemos tenido razón.

DON LOPE.   No tuvisteis para haber
así puesto en ocasión
de perderse este lugar.
—Hola, echa un bando, tambor,
que al cuerpo de guardia vayan
los soldados cuantos son,
y que no salga ninguno,
pena de muerte, en todo hoy—. Y
para que no quedéis
con aqueste empeño vos,
y vos con este disgusto,
y satisfechos los dos,
buscad otro alojamiento
que yo en esta casa estoy
desde hoy alojado, en tanto
que a Guadalupe no voy,
donde está el Rey.

CAPITÁN.   Tus preceptos
órdenes precisas son
para mí.

(Vanse el CAPITÁN, REBOLLEDO *y la*
CHISPA *y soldados.)*

CRESPO.   Entraos allá dentro.

(Vanse ISABEL, INÉS *y* JUAN.)

CRESPO.   Mil gracias, señor, os doy
por la merced que me hicisteis,

de excusarme una ocasión
de perderme.

DON LOPE.   ¿Cómo habíais,
decid, de perderos vos?

CRESPO.   Dando muerte a quien pensara
ni aun el agravio menor...

DON LOPE.   ¿Sabéis, voto a Dios, que es
capitán?

CRESPO.   Sí, voto a Dios;
y aunque fuera él general,
en tocando a mi opinión
le matara.

DON LOPE.   A quien tocara,
ni aun al soldado menor,
sólo un pelo de la ropa,
por vida del cielo, yo
le ahorcara.

CRESPO.   A quien se atreviera
a un átomo de mi honor,
por vida también del cielo,
que también le ahorcara yo.

DON LOPE.   ¿Sabéis que estáis obligado
a sufrir, por ser quien sois,
estas cargas?

CRESPO.   Con mi hacienda;
pero con mi fama, no;
al Rey, la hacienda y la vida
se ha de dar; pero el honor
es patrimonio del alma,
y el alma sólo es de Dios.

DON LOPE.   ¡Juro a Cristo, que parece
que vais teniendo razón!

CRESPO.   Sí, juro a Cristo, porque
siempre la he tenido yo.

DON LOPE.   Yo vengo cansado, y esta
                 pierna, que el diablo me dio,
                 ha menester descansar.
CRESPO.   Pues ¿quién os dice que no?
                 Ahí me dio el diablo una cama,
                 y servirá para vos.
DON LOPE.   ¿Y diola hecha el diablo?
CRESPO.   Sí.
DON LOPE.   Pues a deshacerla voy;
                 que estoy, voto a Dios, cansado.
CRESPO.   Pues descansad, voto a Dios.
DON LOPE.   *(Aparte.)*
                 Testarudo es el villano;
                 tan bien jura como yo.
CRESPO.   *(Aparte.)*
                 Caprichudo es el don Lope;
                 no haremos migas los dos.

JORNADA SEGUNDA

CUADRO I

(Salen DON MENDO *y* NUÑO, *su criado.)*

D. MENDO. ¿Quién te contó todo eso?

NUÑO. Todo esto contó Ginesa,
su criada.

D. MENDO. El Capitán,
después de aquella pendencia
que en su casa tuvo (fuese
ya verdad o ya cautela[1]),
¿ha dado en enamorar
a Isabel?

NUÑO. Y es de manera,
que tan poco humo[2] en su casa
él hace como en la nuestra

---

[1]   *cautela:* maña engañosa.
[2]   *humo:* «hacer humo» significa instalarse en algún lugar. Nuño lo utiliza aquí también en el sentido de hacer fuego para cocinar.

nosotros. En todo el día
no se quita de su puerta;
no hay hora que no le envíe
recados; con ellos entra
y sale un mal soldadillo,
confidente suyo.

D. MENDO.   Cesa;
que es mucho veneno, mucho,
para que el alma lo beba
de una vez.

NUÑO.   Y más no habiendo
en el estómago fuerzas
con que resistirle.

D. MENDO.   Hablemos
un rato, Nuño, de veras.

NUÑO.   ¡Pluguiera a Dios fueran burlas!

D. MENDO.   ¿Y qué le responde ella?

NUÑO.   Lo que a ti, porque Isabel
es deidad hermosa y bella,
a cuyo cielo no empañan
los vapores de la tierra.

D. MENDO.   ¡Buenas nuevas te dé Dios!

(Da una manotada a NUÑO *en el
rostro.)*

NUÑO.   A ti te dé mal de muelas,
que me has quebrado dos dientes.
Mas bien has hecho, si intentas
reformarlos, por familia
que no sirve ni aprovecha.
¡El Capitán!

D. MENDO.   ¡Vive Dios,
si por el honor no fuera

	de Isabel, que lo matara!
NUÑO.	Más mira por tu cabeza.
D. MENDO.	Escucharé retirado.
	Aquí a esta parte te llega.

(Salen el CAPITÁN, *el* SARGENTO *y* REBOLLEDO.)

CAPITÁN.	Este fuego, esta pasión,
	no es amor sólo, que es tema,
	es ira, es rabia, es furor.
REBOLLEDO.	¡Oh! ¡Nunca, señor, hubieras
	visto a la hermosa villana
	que tantas ansias te cuesta!
CAPITÁN.	¿Qué te dijo la criada?
REBOLLEDO.	¿Ya no sabes sus respuestas?
D. MENDO.	*(Aparte a* NUÑO.)
	Esto ha de ser, pues ya tiende
	la noche sus sombras negras,
	antes que se haya resuelto
	a lo mejor mi prudencia,
	ven a armarme.
NUÑO.	¡Pues qué! ¿Tienes
	más armas, señor, que aquellas
	que están en un azulejo
	sobre el marco de la puerta?
D. MENDO.	En mi guadarnés [3] presumo
	que hay para tales empresas
	algo que ponerme.
NUÑO.	*(Vanse.)* Vamos
	sin que el Capitán nos sienta.
CAPITÁN.	¡Que en una villana haya

---

[3] *guadarnés:* armería.

                    tan hidalga resistencia,
                    que no me haya respondido
                    una palabra siquiera
                    apacible!

SARGENTO.   Éstas, señor,
                    no de los hombres se prendan
                    como tú; si otro villano
                    la festejara y sirviera,
                    hiciera más caso dél;
                    fuera de que son tus quejas
                    sin tiempo[4]. Si te has de ir
                    mañana, ¿para qué intentas
                    que una mujer en un día
                    te escuche y te favorezca?

CAPITÁN.   En un día el sol alumbra
                    y falta; en un día se trueca
                    un reino todo; en un día
                    es edificio una peña;
                    en un día una batalla
                    pérdida y vitoria ostenta;
                    en un día tiene el mar
                    tranquilidad y tormenta;
                    en un día nace un hombre
                    y muere; luego pudiera
                    en un día ver mi amor
                    sombra y luz, como planeta;
                    pena y dicha, como imperio;
                    gente y brutos, como selva;
                    paz e inquietud, como mar,
                    triunfo y ruina, como guerra;
                    vida y muerte, como dueño
                    de sentidos y potencias.

---

[4]   *sin tiempo:* fuera de tiempo, intempestivas.

Y habiendo tenido edad [5]
en un día su violencia
de hacerme tan desdichado,
¿por qué, por qué no pudiera
tener edad en un día
de hacerme dichoso? ¿Es fuerza
que se engendren más despacio
las glorias que las ofensas?

SARGENTO.   Verla una vez solamente,
¿a tanto extremo te fuerza?

CAPITÁN.   ¿Qué más causa había de haber,
llegando a verla, que verla?
De sola una vez a incendio
crece una breve pavesa;
de una vez sola un abismo
fulgúreo volcán revienta;
de una vez se enciende el rayo
que destruye cuanto encuentra;
de una vez escupe horror
la más reformada pieza [6];
de una vez amor, ¿qué mucho,
fuego de cuatro maneras,
mina [7], incendio, pieza y rayo,
postre, abrase, asombre y hiera?

SARGENTO.   ¿No decías que villanas
nunca tenían belleza?

CAPITÁN.   Y aun aquesa confianza
me mató, porque el que piensa
que va a un peligro, ya va
prevenido a su defensa;

---

[5]   *edad:* tiempo.
[6]   *reformada pieza:* pieza de artillería reforzada.
[7]   *mina:* se refiere al volcán que revienta.

quien va a una seguridad
es el que más riesgo lleva,
por la novedad que halla,
si acaso un peligro encuentra.
Pensé hallar una villana;
si hallé una deidad, ¿no era
preciso que peligrase
en mi misma inadvertencia?
En toda mi vida vi
más divina, más perfecta
hermosura. ¡Ay, Rebolledo!
No sé qué hiciera por verla.

REBOLLEDO. En la compañía hay soldado
que canta por excelencia.
Y la Chispa, que es mi alcaida
del boliche, es la primera
mujer en jacarear.
Haya, señor, jira[8] y fiesta
y música a su ventana;
que con esto podrás verla,
y aun hablarla.

CAPITÁN.   Como está
don Lope allí, no quisiera
despertarle.

REBOLLEDO.   Pues don Lope,
¿cuánto duerme, con su pierna?
Fuera, señor, que la culpa,
si se entiende, será nuestra,
no tuya, si de rebozo
vas en la tropa.

CAPITÁN.   Aunque tenga
mayores dificultades,

---

[8] *jira:* banquete o merienda campestre.

                    pase por todas mi pena.
                    Juntaos todos esta noche;
                    mas de suerte que no entiendan
                    que yo lo mando. ¡Ah, Isabel,
                    qué de cuidados me cuestas!

                    (Vanse el CAPITÁN *y el* SARGENTO, *y*
                    sale la CHISPA.*)*

CHISPA.   *(Dentro.)*
                    ¡Téngase!
REBOLLEDO.   Chispa, ¿qué es eso?
CHISPA.   Ahí un pobrete, que queda
                    con un rasguño en el rostro.
REBOLLEDO.   Pues ¿por qué fue la pendencia?
CHISPA.   Sobre hacerme alicantina [9]
                    del barato [10] de hora y media
                    que estuvo echando las bolas,
                    teniéndome muy atenta
                    a si eran pares o nones;
                    canséme y dile con ésta.
                                        (Saca la daga.)
                    Mientras que con el barbero
                    poniéndose en puntos queda,
                    vamos al cuerpo de guardia
                    que allá te daré la cuenta.
REBOLLEDO.   ¡Bueno es estar de mohína
                    cuando vengo yo de fiesta!
CHISPA.   Pues ¿qué estorba el uno al otro?,
                    aquí está la castañeta,
                    ¿qué se ofrece que cantar?

---

    [9] *alicantina:* trampa, engaño.
    [10] *barato:* propina que da el jugador que gana a los mirones y
al que le sirve en el juego.

REBOLLEDO.   Ha de ser cuando anochezca,
             y música más fundada.
             Vamos, y no te detengas.
             Anda acá al cuerpo de guardia.

CHISPA.   Fama ha de quedar eterna
             de mí en el mundo que soy
             Chispilla, la Bolichera.   *(Vanse.)*

CUADRO II

(Salen DON LOPE *y* PEDRO CRESPO.*)*

CRESPO.   En este paso que está
             más fresco, poned la mesa
             al señor don Lope. Aquí
             os sabrá mejor la cena;
             que al fin los días de agosto
             no tienen más recompensa
             que sus noches.

DON LOPE.   Apacible
             estancia en extremo es ésta.

CRESPO.   Un pedazo es de jardín
             do mi hija se divierta.
             Sentaos; que el viento suave
             que en las blandas hojas suena
             destas parras y estas copas,
             mil cláusulas lisonjeras
             hace al compás desta fuente,
             cítara de plata y perlas,
             porque son en trastes [11] de oro

---

[11] *trastes:* los resaltos colocados transversalmente en el cuello
de la cítara y otros instrumentos de cuerda.

las guijas [12] templadas cuerdas.
Perdonad si de instrumentos
solos la música suena,
sin cantores que os deleiten,
sin voces que os entretengan;
que como músicos son
los pájaros que gorjean,
no quieren cantar de noche,
ni yo puedo hacerles fuerza.
Santaos, pues, y divertid
esa continua dolencia.

DON LOPE. No podré, que es imposible
que divertimiento tenga.
¡Válgame Dios!

CRESPO.   ¡Valga, amén!

DON LOPE. Los cielos me den paciencia.
Sentaos, Crespo.

CRESPO.   Yo estoy bien.

DON LOPE. Sentaos.

CRESPO.   Pues me dais licencia,
digo, señor, que obedezco,
aunque excusarlo pudierais.

                     (Siéntase.)

DON LOPE. ¿No sabéis qué he reparado?
Que ayer la cólera vuestra
os debió de enajenar
de vos.

CRESPO.   Nunca me enajena
a mí de mí nada.

DON LOPE.   Pues,
¿cómo ayer, sin que os dijera

---

[12]   *guijas:* las piedrecitas que se encuentran en los escalones de
la fuente.

que os sentarais, os sentasteis
aun en la silla primera?

CRESPO. Porque no me lo dijisteis;
y hoy, que lo decís, quisiera
no hacerlo; la cortesía,
tenerla con quien la tenga.

DON LOPE. Ayer todo erais reniegos,
por vidas, votos y pesias;
y hoy estáis más apacible,
con más gusto y más prudencia.

CRESPO. Yo, señor, siempre respondo
en el tono y en la letra
que me hablan; ayer vos
así hablabais, y era fuerza
que fueran de un mismo tono
la pregunta y la respuesta.
Demás que yo he tomado
por política discreta
jurar con aquel que jura,
rezar con aquel que reza.
A todo hago compañía;
y es aquesto de manera,
que en toda la noche pude
dormir, en la pierna vuestra
pensando, y amanecí
con dolor en ambas piernas;
que por no errar la que os duele,
si es la izquierda o la derecha,
me dolieron a mí entrambas.
Decidme, por vida vuestra,
cuál es y sépalo yo,
porque una sola me duela.

DON LOPE. ¿No tengo mucha razón
de quejarme, si hay ya treinta

años que asistiendo en Flandes
al servicio de la guerra,
el invierno con la escarcha,
y el verano con la fuerza
del sol, nunca descansé,
y no he sabido qué sea
estar sin dolor una hora?

CRESPO.   Dios, señor, os dé paciencia.
DON LOPE.   ¿Para qué la quiero yo?
CRESPO.   No os la dé.
DON LOPE.   Nunca acá venga,
sino que dos mil demonios
carguen conmigo y con ella.
CRESPO.   Amén, y si no lo hacen
es por no hacer cosa buena.
DON LOPE.   ¡Jesús mil veces, Jesús!
CRESPO.   Con vos y conmigo sea.
DON LOPE.   ¡Voto a Cristo, que me muero!
CRESPO.   ¡Voto a Cristo, que me pesa!

(Saca la mesa JUAN.*)*

JUAN.   Ya tienes la mesa aquí.
DON LOPE.   ¿Cómo a servirla no entran
mis criados?
CRESPO.   Yo, señor,
dije, con vuestra licencia,
que no entraran a serviros,
y en mi casa no hicieran
prevenciones; que a Dios gracias,
pienso que no os falte en ella
nada.
DON LOPE.   Pues no entran criados,
hacedme favor que venga

vuestra hija aquí a cenar
conmigo.

CRESPO.   Dila que venga
tu hermana al instante, Juan.

                            (*Vase* JUAN.)

DON LOPE.   Mi poca salud me deja
sin sospecha en esta parte.

CRESPO.   Aunque vuestra salud fuera,
señor, la que yo os deseo
me dejara sin sospecha.
Agravio hacéis a mi amor;
que nada deso me inquieta;
que el decirla que no entrara
aquí, fue con advertencia
de que no estuviese a oír
ociosas impertinencias;
que si todos los soldados
corteses como vos fueran,
ella había de acudir
a serviros la primera.

DON LOPE.   (*Aparte.*)
¡Qué ladino es el villano,
o cómo tiene prudencia!

(*Salen* JUAN, INÉS e ISABEL.)

ISABEL.   ¿Qué es, señor, lo que me mandas?
CRESPO.   El señor don Lope intenta
honraros; él es quien llama.

ISABEL.   Aquí está una esclava vuestra.
DON LOPE.   Serviros intento yo.
(*Aparte.* ¡Qué hermosura tan honesta!)
Que cenéis conmigo quiero.

ISABEL.   Mejor es que a vuestra cena
sirvamos las dos.

DON LOPE.   Sentaos.

CRESPO.   Sentaos, haced lo que ordena
el señor don Lope.

ISABEL.   Está
el mérito en la obediencia.

(Siéntanse. Tocan guitarras dentro.)

DON LOPE.   ¿Qué es aquello?

CRESPO.   Por la calle
los soldados se pasean
cantando y bailando.

DON LOPE.   Mal
los trabajos de la guerra
sin aquesa libertad
se llevaran; que es estrecha
religión la de un soldado,
y darla ensanchas es fuerza.

JUAN.   Con todo eso, es linda vida.

DON LOPE.   ¿Fuérades con gusto a ella?

JUAN.   Sí, señor, como llevara
por amparo a Vuexcelencia.

UN SOLDADO. *(Dentro.)*
Mejor se cantará aquí.

REBOLLEDO.   *(Dentro.)*
Vaya a Isabel una letra.
Para que despierte, tira
a su ventana una piedra.

CRESPO.   *(Aparte.)*
A la ventana señalada
va la música. ¡Paciencia!

UNA VOZ.   *(Canta dentro.)*
Las flores del romero,
niña Isabel,

hoy son flores azules,
y mañana serán miel.

DON LOPE.   (*Aparte.* Música, vaya; mas esto
de tirar es desvergüenza...
¡Y a la casa donde estoy
venirse a dar cantaletas!
Pero disimularé
por Pedro Crespo y por ella.)
¡Qué travesuras!

CRESPO.   Son mozos.
(*Aparte.* Si por don Lope no fuera,
yo les hiciera...)

JUAN.   (*Aparte.*)   Si yo
una rodelilla[13] vieja,
que en el cuarto de don Lope
está colgada, pudiera
sacar...   (*Hace que se va.*)

CRESPO.   ¿Dónde vais, mancebo?

JUAN.   Voy a que traigan la cena.

CRESPO.   Allá hay mozos que la traigan.

SOLDADOS.   (*Dentro, cantando.*)
Despierta, Isabel, despierta.

ISABEL.   (*Aparte.*)
¿Qué culpa tengo yo, cielos,
para estar a esto sujeta?

DON LOPE.   Ya no se puede sufrir,
porque es cosa muy mal hecha.
                        (*Arroja la mesa.*)

CRESPO.   Pues ¡y cómo si lo es! (*Arroja la silla.*)

DON LOPE.   (*Aparte.* Llevéme de mi impaciencia.)
¿No es, decidme, muy mal hecho
que tanto una pierna duela?

---

13   *rodelilla:* diminutivo de rodela, escudo redondo.

CRESPO.   Deso mismo hablaba yo.
DON LOPE.   Pensé que otra cosa era.
               Como arrojasteis la silla...
CRESPO.   Como arrojasteis la mesa
               vos, no tuve que arrojar
               otra cosa yo más cerca.
               (*Aparte.* Disimulemos, honor.)
DON LOPE.   (*Aparte.* ¡Quién en la calle estuviera!)
               Ahora bien, cenar no quiero.
               Retiraos.
CRESPO.   En hora buena.
DON LOPE.   Señora, quedad con Dios.
ISABEL.   El cielo os guarde.
DON LOPE.   (*Aparte.*)   A la puerta
               de la calle ¿no es mi cuarto?
               Y en él ¿no está una rodela?
CRESPO.   (*Aparte.*)
               ¿No tiene puerta el corral,
               y yo una espadilla vieja?
DON LOPE.   Buenas noches.
CRESPO.   Buenas noches.
               (*Aparte.* Encerraré por defuera
               a mis hijos.)
DON LOPE.   (*Aparte.*)   Dejaré
               un poco la casa quieta.
ISABEL.   (*Aparte.*)
               ¡Oh, qué mal, cielos, los dos
               disimulan que les pesa!
INÉS.   (*Aparte.*)
               Mal el uno por el otro
               van haciendo la deshecha [14].

───────────

[14]   *haciendo la deshecha:* disimulando.

CRESPO.   ¡Hola, mancebo!
JUAN.   Señor.
CRESPO.   Acá está la cama vuestra.   *(Vanse.)*

                        CUADRO III

                Salen el CAPITÁN, *el* SARGENTO, *la*
                CHISPA *y* REBOLLEDO, *con guitarras
                y soldados.)*

REBOLLEDO.   Mejor estamos aquí.
                El sitio es más oportuno;
                tome rancho[15] cada uno.
CHISPA.   ¿Vuelve la música?
REBOLLEDO.   Sí.
CHISPA.   Ahora estoy en mi centro.
CAPITÁN.   ¡Que no haya una ventana
                entreabierto esta villana!
REBOLLEDO.   Pues bien lo oyen allá dentro.
CHISPA.   Espera.
SARGENTO.   Será a mi costa.
REBOLLEDO.   No es más de hasta ver quién es
                quien llega.
CHISPA.   Pues qué, ¿no ves
                un jinete de la costa?[16].

                (Salen DON MENDO, *con adarga, y*
                NUÑO.)*

D. MENDO.   *(Aparte a* NUÑO.)*
                ¿Ves bien lo que pasa?

---

15   *rancho:* puesto, posición.
16   *jinete de la costa:* soldado que se encargaba de la defensa de
las costas y que iba armado con lanza y adarga (una especie de
escudo).

NUÑO.   No,
              no veo bien; pero bien
              lo escucho.
D. MENDO.   ¿Quién, cielos, quién
              esto puede sufrir?
NUÑO.   Yo.
D. MENDO.   ¿Abrirá acaso Isabel
              la ventana?
NUÑO.   Sí abrirá.
D. MENDO.   No hará, villano.
NUÑO.   No hará.
D. MENDO.   ¡Ah, celos, pena crüel!
              Bien supiera yo arrojar
              a todos a cuchilladas
              de aquí; mas disimuladas
              mis desdichas han de estar,
              hasta ver si ella ha tenido
              culpa dello.
NUÑO.   Pues aquí
              nos sentemos [17].
D. MENDO.   Bien; así
              estaré desconocido.
REBOLLEDO.   Pues ya el hombre se ha sentado
              (si ya no es que ser ordena
              algún alma que anda en pena,
              de las cañas [18] que ha jugado

---

[17]   *aquí / nos sentemos:* No hay duda de que don Mendo, por lo
menos, se sienta, como señala Rebolledo: «ya el hombre se ha
sentado». Como no hay indicación alguna de que haya sillas en la
escena, es posible que don Mendo se sentara en las gradas
laterales, junto al público.
[18]   *cañas:* alude al juego de cañas, fiesta a caballo introducida
en España por los moros.

                    con su adarga a cuestas) da
                    voz al aire.
CHISPA.   Ya él la lleva.
REBOLLEDO.   Va una jácara tan nueva,
                    que corra sangre.
CHISPA.   Sí hará.

                    (Salen DON LOPE *y* CRESPO *a un
                    tiempo, con broqueles* [19].*)*

CHISPA.   *(Canta.)*
                    Érase cierto Sampayo [20],
                    la flor de los andaluces,
                    el jaque de mayor porte
                    y el rufo [21] *de mayor lustre.*
                    Éste, pues, a la Chillona
                    topó un día...
REBOLLEDO.   No le culpen
                    la fecha; que el asonante
                    quiere que haya sido en lunes.
CHISPA.   *Topó, digo, a la Chillona,*
                    que, brindando entre dos luces,
                    ocupaba con el Garlo
                    la casa de los azumbres [22].
                    El Garlo, que siempre fue,
                    en todo lo que le cumple,
                    rayo de tejado abajo,
                    porque era rayo sin nube,
                    sacó la espada, y a un tiempo
                    un tajo y revés sacude.

---

[18]   *broqueles:* escudos pequeños.
[20]   *Sampayo:* San Pelayo; el nombre del jaque sería Pelayo.
[21]   *rufo:* rufián.
[22]   *casa de los azumbres:* taberna.

CRESPO.   Sería desta manera.
DON LOPE.   Que sería así no duden.

               (Métenlos a cuchilladas, y sale DON
               LOPE.*)*

DON LOPE.   ¡Gran valor! Uno ha quedado
               dellos, que es el que está aquí.

               (Sale PEDRO CRESPO.*)*

CRESPO.   *(Aparte.)*
               Cierto es que el que queda ahí,
               sin duda es algún soldado.
DON LOPE.   *(Aparte.)*
               Ni aun éste se ha de escapar
               sin almagre [23].
CRESPO.   *(Aparte.)*   Ni éste quiero
               que quede sin que mi acero
               la calle le haga dejar.
DON LOPE.   ¿No huís con los otros?
CRESPO.   Huid vos,
               que sabréis huir más bien. *(Riñen.)*
DON LOPE.   *(Aparte.)*
               ¡Voto a Dios, que riñe bien!
CRESPO.   *(Aparte.)*
               ¡Bien pelea, voto a Dios!

               (Sale JUAN.*)*

JUAN.   *(Aparte.* Quiera el cielo que le tope.)
               Señor, a tu lado estoy.

───────────

[23] *almagre:* tierra rojiza que se empleaba para teñir; aquí
significa teñido de sangre.

DON LOPE.   ¿Es Pedro Crespo?
CRESPO.   Yo soy.
                ¿Es don Lope?
DON LOPE.   Sí, es don Lope.
                ¿Que no habíais, no dijisteis,
                de salir? ¿Qué hazaña es ésta?
CRESPO.   Sean disculpa y respuesta
                hacer lo que vos hicisteis.
DON LOPE.   Aquesta era ofensa mía,
                vuestra no.
CRESPO.   No hay que fingir;
                que yo he salido a reñir
                por haceros compañía.
SOLDADOS.   *(Dentro.)*
                A dar muerte nos juntemos
                a estos villanos.
CAPITÁN.   Mirad...

                (Salen el CAPITÁN *y todos.)*

DON LOPE.   ¿Aquí no estoy yo? Esperad.
                ¿De qué son estos extremos?
CAPITÁN.   Los soldados han tenido
                (porque se estaban holgando
                en esta calle, cantando
                sin alboroto y rüido)
                una pendencia, y yo soy
                quien los está deteniendo.
DON LOPE.   Don Álvaro, bien entiendo
                vuestra prudencia; y pues hoy
                aqueste lugar está
                en ojeriza, yo quiero
                excusar rigor más fiero;
                y pues amanece ya,

orden doy que en todo el día,
para que mayor no sea
el daño, de Zalamea
saquéis vuestra compañía;
y estas cosas acabadas,
no vuelvan a ser, porque
la paz otra vez pondré,
voto a Dios, a cuchilladas.

CAPITÁN.   Digo que aquesta mañana
la compañía haré marchar.
(*Aparte.* La vida me has de costar,
hermosísima villana.)   (*Vase.*)

CRESPO.   (*Aparte.*)
Caprichudo es el don Lope;
ya haremos migas los sos.

DON LOPE.   Veníos conmigo vos,
y solo ninguno os tope.   (*Vanse.*)

CUADRO IV

(*Salen* DON MENDO *y* NUÑO, *herido.*)

D. MENDO.   ¿Es algo, Nuño, la herida?
NUÑO.   Aunque fuera menor, fuera
de mí muy mal recibida,
y mucho más que quisiera.

D. MENDO.   Yo no he tenido en mi vida
mayor pena ni tristeza.

NUÑO.   Yo tampoco.
D. MENDO.   Que me enoje
es justo. ¿Que su fiereza
luego te dio en la cabeza?

NUÑO.   Todo este lado me coge.   (*Tocan.*)

D. MENDO.   ¿Qué es esto?
NUÑO.   La compañía,
que hoy se va.
D. MENDO.   Y es dicha mía,
pues con esto cesarán
los celos del Capitán.

(*Salen el* CAPITÁN *y el* SARGENTO.)

CAPITÁN.   Sargento, vaya marchando
antes que decline el día
con toda la compañía,
y con prevención que, cuando
se esconda en la espuma fría
del océano español [24]
ese luciente farol,
en ese monte le espero,
porque hallar mi vida quiero
hoy en la muerte del sol.
SARGENTO.   (*Aparte al* CAPITÁN.)
Calla, que está aquí una figura
del lugar.
D. MENDO.   (*Aparte a* NUÑO.)
                        Pasar procura,
sin que entiendan mi tristeza.
No muestres, Nuño, flaqueza.
NUÑO.   ¿Puedo yo mostrar gordura?

(*Vanse* DON MENDO *y* NUÑO.)

CAPITÁN.   Yo he de volver al lugar
porque tengo prevenida

―――――――
24   *océano español:* el Atlántico.

a una crïada, a mirar
si puedo por dicha hablar
a aquesta hermosa homicida.
Dádivas han granjeado
que apadrine mi cuidado.

SARGENTO. Pues, señor, si has de volver,
mira que habrás menester
volver bien acompañado;
porque al fin no hay que fiar
de villanos.

CAPITÁN. Ya lo sé.
Algunos puedes nombrar
que vuelvan conmigo.

SARGENTO. Haré
cuanto me quieras mandar.
Pero, ¿si acaso volviese
don Lope y te conociese
al volver...?

CAPITÁN. Ese temor,
quiso también que perdiese
en esta parte mi amor;
que don Lope se ha de ir
hoy también a prevenir
todo el tercio a Guadalupe;
que todo lo dicho supe,
yéndome ahora a despedir
dél; porque ya el Rey vendrá,
que puesto en camino está.

SARGENTO. Voy, señor, a obedecerte. *(Vase.)*
CAPITÁN. Que me va la vida advierte.

(Salen REBOLLEDO *y la* CHISPA.)

REBOLLEDO. Señor, albricias me da.

CAPITÁN.   ¿De qué han de ser, Rebolledo?
REBOLLEDO.   Muy bien merecerlas puedo,
                pues solamente te digo...
CAPITÁN.   ¿Qué?
REBOLLEDO.   ...que ya hay un enemigo
                menos a quien tener miedo.
CAPITÁN.   ¿Quién es? Dilo presto.
REBOLLEDO.   Aquel
                mozo, hermano de Isabel.
                Don Lope se lo pidió
                al padre, y él se lo dio,
                y va a la guerra con él.
                En la calle le he topado
                muy galán, muy alentado,
                mezclando a un tiempo, señor,
                rezagos²⁵ de labrador
                con primicias de soldado;
                de suerte que el viejo es ya
                quien pesadumbre nos da.
CAPITÁN.   Todo nos sucede bien,
                y más si me ayuda quien
                esta esperanza me da
                de que esta noche podré
                hablarla.
REBOLLEDO.   No pongas duda.
CAPITÁN.   Del camino volveré;
                que agora es razón que acuda
                a la gente que se ve
                ya marchar. Los dos seréis
                los que conmigo vendréis.   (Vase.)
REBOLLEDO.   Pocos somos, vive Dios,
                aunque vengan otros dos,

───────────
²⁵ *rezagos:* restos, residuos.

otros cuatro y otros seis.

CHISPA.   Y yo, si tú has de volver,
              allá, ¿qué tengo de hacer?
              Pues no estoy segura yo,
              si da conmigo el que dio
              al barbero que coser [26].

REBOLLEDO.   No sé qué he de hacer de ti,
              ¿no tendrás ánimo, di,
              de acompañarme?

CHISPA.   ¿Pues no?
              Vestido no tengo yo;
              ánimo y esfuerzo, sí.

REBOLLEDO.   Vestido no faltará;
              que ahí otro del paje está
              de jineta [27], que se fue.

CHISPA.   Pues yo plaza pasaré [28]
              por él.

REBOLLEDO.   Vamos, que se va
              la bandera.

CHISPA.   Y yo veo agora
              por qué en el mundo he cantado
              que el amor del soldado
              no dura una hora.   (*Vanse.*)

---

[26]   *barbero que coser:* los barberos eran en aquella época los
encargados de curar heridas como las recibidas la noche anterior
en la pelea junto a la casa de Crespo.

[27]   *paje de jineta:* el que acompaña al capitán.

[28]   *pasar plaza:* pasar revista.

CUADRO V

(Salen DON LOPE, CRESPO *y* JUAN.)

DON LOPE.   A muchas cosas os soy
                 en extremo agradecido;
                 pero sobre todas, ésta
                 de darme hoy a vuestro hijo
                 para soldado, en el alma
                 os la agradezco y estimo.

CRESPO.   Yo os le doy para criado.

DON LOPE.   Yo os le llevo para amigo;
                 que me ha inclinado en extremo
                 su desenfado y su brío,
                 y la afición a las armas.

JUAN.   Siempre a vuestros pies rendido
                 me tendréis, y vos veréis
                 de la manera que os sirvo,
                 procurando obedeceros
                 en todo.

CRESPO.   Lo que os suplico
                 es que perdonéis, señor,
                 si no acertare a serviros,
                 porque en el rústico estudio,
                 adonde rejas y trillos,
                 palas, azadas y bielgos
                 son nuestros mejores libros,
                 no habrá podido aprender
                 lo que en los palacios ricos
                 enseña la urbanidad
                 política de los siglos.

DON LOPE.   Ya que va perdiendo el sol
                 la fuerza, irme determino.

JUAN.   Veré si viene, señor,
                 la litera.   *(Vase.)*

                 (Salen INÉS *e* ISABEL.*)*

ISABEL.   ¿Y es bien iros,
                 sin despediros de quien
                 tanto desea serviros?
DON LOPE.   No me fuera sin besaros
                 las manos y sin pediros
                 que liberal perdonéis
                 un atrevimiento digno
                 de perdón, porque no el precio
                 hace el don, sino el servicio.
                 Esta venera²⁹, que aunque
                 está de diamantes ricos
                 guarnecida, llega pobre
                 a vuestras manos, suplico
                 que la toméis y traigáis
                 por patena³⁰, en nombre mío.
ISABEL.   Mucho siento que penséis
                 con tan generoso indicio,
                 que pagáis el hospedaje,
                 pues de honra que recibimos,
                 somos los deudores.
DON LOPE.   Esto
                 no es paga, sino cariño.
ISABEL.   Por cariño, y no por paga,
                 solamente la recibo.

---

²⁹ *venera:* insignia pendiente del pecho de los caballeros de las
órdenes militares.
³⁰ *patena:* medalla con una imagen esculpida usada a modo de
dije por las labradoras.

	A mi hermano os encomiendo,
	ya que tan dichoso ha sido
	que merece ir por crïado
	vuestro.
DON LOPE.	Otra vez os afirmo
	que podéis descuidar dél;
	que va, señora, conmigo.

(Sale JUAN.)

JUAN.	Ya está la litera puesta.
DON LOPE.	Con Dios os quedad.
CRESPO.	Él mismo
	os guarde.
DON LOPE.	¡Ah, buen Pedro Crespo!
CRESPO.	¡Oh, señor don Lope invicto!
DON LOPE.	¿Quién os dijera aquel día
	primero que aquí nos vimos,
	que habíamos de quedar
	para siempre tan amigos?
CRESPO.	Yo lo dijera, señor,
	si allí supiera, al oíros,
	que erais...
DON LOPE.	Decid, por mi vida.
CRESPO.	...loco de tan buen capricho.

(Vase DON LOPE.)

CRESPO.	En tanto que se acomoda
	el señor don Lope, hijo,
	ante tu prima y tu hermana
	escucha lo que te digo.
	Por la gracia de Dios, Juan,
	eres de linaje limpio

más que el sol, pero villano;
lo uno y lo otro te digo,
aquello, porque no humilles
tanto tu orgullo y tu brío,
que dejes, desconfiado,
de aspirar con cuerdo arbitrio
a ser más; lo otro, porque
no vengas, desvanecido [31],
a ser menos; igualmente
usa de entrambos disinios
con humildad, porque siendo
humilde, con recto juicio
acordarás lo mejor;
y como tal, en olvido
pondrás cosas que suceden
al revés en los altivos.
¡Cuántos, teniendo en el mundo
algún defeto consigo,
le han borrado por humildes!
Y ¡cuántos, que no han tenido
defeto, se le han hallado,
por estar ellos mal vistos!
Sé cortés sobremanera,
sé liberal y partido [32];
que el sombrero y el dinero
son los que hacen los amigos;
y no vale tanto el oro
que el sol engendra en el indio
suelo y que consume [33] el mar,

---

[31] *desvanecido:* envanecido.

[32] *partido:* que reparte con otros lo que tiene.

[33] *consume:* no parece tener sentido a no ser que, como sugiere Díez Borque, se trate de una alusión a los frecuentes naufragios que sufrían los galeones que venían de América.

como ser uno bienquisto.
No hables mal de las mujeres;
la más humilde, te digo
que es digna de estimación,
porque, al fin, dellas nacimos.
No riñas por cualquier cosa;
que cuando en los pueblos miro
muchos que a reñir se enseñan,
mil veces entre mí digo:
«Aquesta escuela no es
la que ha de ser», pues colijo
que no ha de enseñarle a un hombre
con destreza, gala y brío
a reñir, sino a por qué
ha de reñir, que yo afirmo
que si hubiera un maestro solo
que enseñara prevenido,
no el cómo, el por qué se riña,
todos le dieran sus hijos.
Con esto, y con el dinero
que llevas para el camino,
y para hacer, en llegando,
de asiento [34], un par de vestidos,
el amparo de don Lope
y mi bendición, yo fío
en Dios que tengo de verte
en otro puesto. Adiós, hijo:
que me enternezco en hablarte.

JUAN.   Hoy tus razones imprimo
en el corazón, adonde
vivirán, mientras yo vivo.
Dame tu mano, y tú, hermana,

---

[34]   *asiento:* de asentarse, establecerse en un lugar.

los brazos; que ya ha partido
don Lope, mi señor, y es
fuerza alcanzarlo.

ISABEL.   Los míos
bien quisieran detenerte.

JUAN.   Prima, adiós.

INÉS.   Nada te digo
con la voz, porque los ojos
hurtan a la voz su oficio.
Adiós.

CRESPO.   Ea, vete presto;
que cada vez que te miro,
siento más el que te vayas;
y ha de ser, porque lo he dicho.

JUAN.   El cielo con todos quede.

CRESPO.   El cielo vaya contigo. *(Vase JUAN.)*

ISABEL.   ¡Notable crueldad has hecho!

CRESPO.   *(Aparte.* Agora que no le miro,
hablaré más consolado.)
¿Qué había de hacer conmigo
sino ser toda su vida
un holgazán, un perdido?
Váyase a servir al Rey.

ISABEL.   Que de noche haya salido,
me pesa a mí.

CRESPO.   Caminar
de noche por el estío
antes es comodidad
que fatiga, y es preciso
que a don Lope alcance luego
al instante. *(Aparte.* Enternecido
me deja, cierto, el muchacho,
aunque en público me animo.)

ISABEL.   Éntrate, señor, en casa.

INÉS.   Pues sin soldados vivimos,
                estémonos otro poco
                gozando a la puerta el frío
                viento que corre; que luego
                saldrán por ahí los vecinos.

CRESPO.   (*Aparte.* A la verdad no entro dentro,
                porque desde aquí imagino,
                como el camino blanquea,
                que veo a Juan en el camino.)
                Inés, sácame a esta puerta
                asiento.

INÉS.   Aquí está un banquillo.

ISABEL.   Esta tarde diz que ha hecho
                la villa elección de oficios.

CRESPO.   Siempre aquí por el agosto
                se hace.   (*Siéntanse.*)

                (*Salen el* CAPITÁN, REBOLLEDO, *la*
                CHISPA *y* SOLDADOS.)

CAPITÁN.   (*Aparte a los suyos.*)
                        Pisad sin rüido.
                Llega, Rebolledo, tú,
                y da a la crïada aviso
                de que ya estoy en la calle.

REBOLLEDO.   Yo voy. Mas ¡qué es lo que miro!
                A su puerta hay gente.

SARGENTO.   Y yo
                en los reflejos y visos [35]
                que la luna hace en el rostro,
                que es Isabel, imagino,
                ésta.

_____
[35] *visos:* resplandores.

CAPITÁN.   Ella es; más que la luna,
el corazón me lo ha dicho.
A buena ocasión llegamos.
Si, ya que una vez venimos,
nos atrevemos a todo,
buena venida habrá sido.

SARGENTO. ¿Estás para oír un consejo?
CAPITÁN. No.
SARGENTO.   Pues ya no te le digo.
Intenta lo que quisieres.

CAPITÁN. Yo he de llegar, y atrevido
quitar a Isabel de allí.
Vosotros a un tiempo mismo
impedid a cuchilladas
el que me sigan.

SARGENTO.   Contigo
venimos y a tu orden hemos
de estar.

CAPITÁN.   Advertid que el sitio
en que habemos de juntarnos
es ese monte vecino,
que está a la mano derecha,
como salen del camino.

REBOLLEDO. Chispa.
CHISPA.   ¿Qué?
REBOLLEDO.   Ten esas capas.
CHISPA. Que es del reñir, imagino,
la gala el guardar la ropa,
aunque del nadar se dijo.

CAPITÁN. Yo he de llegar el primero.
CRESPO. Harto hemos gozado el sitio.
Entrémonos allá dentro.

CAPITÁN. *(Aparte a los suyos.)*
Ya es tiempo; llegad, amigos.

(Lléganse a los tres; detienen a CRESPO *y a* INÉS *y se apoderan de* ISABEL.*)*

ISABEL.   ¡Ah, traidor! —Señor, ¿qué es esto?
CAPITÁN.   Es una furia, un delirio
             de amor.   *(Llévala.)*
ISABEL.   *(Dentro.)* ¡Ah, traidor! ¡Señor!
CRESPO.   ¡Ah, cobardes!
ISABEL.   *(Dentro.)*   ¡Padre mío!
INÉS.   *(Aparte.)*
             Yo quiero aquí retirarme.   *(Vase.)*
CRESPO.   ¡Cómo echáis de ver, ah, impíos,
             que estoy sin espada, aleves,
             falsos y traidores!
REBOLLEDO.   Idos,
             si no queréis que la muerte
             sea el último castigo.
CRESPO.   ¡Qué importará, si está muerto
             mi honor, el quedar yo vivo!
             ¡Ah, quién tuviera una espada!
             Cuando sin armas te sigo,
             es imposible; y si, airado,
             a ir por ella me animo,
             los he de perder de vista.
             ¿Qué he de hacer, hados esquivos?
             Que de cualquiera manera
             es uno solo el peligro.

(Sale INÉS *con una espada.)*

INÉS.   Ésta, señor, es tu espada.
CRESPO.   A buen tiempo la has traído.
             Ya tengo honra, pues ya tengo
             espada con que seguirlos.
             Soltad la presa, traidores,

cobardes, que habéis cogido;
que he de cobrarla, o la vida
he de perder.   *(Riñen.)*

SARGENTO.   Vano ha sido
tu intento, que somos muchos.

CRESPO.   Mis males son infinitos,
y riñen todos por mí.   *(Cae.)*
Pero la tierra que piso
me ha faltado.

REBOLLEDO.   Dale muerte.

SARGENTO.   Mirad que es rigor impío
quitar vida y honor.
Mejor es en lo escondido
del monte dejarle atado,
porque no lleve el aviso.

ISABEL.   *(Dentro.)*
¡Padre y señor!

CRESPO.   ¡Hija mía!

REBOLLEDO. Retírale como has dicho.

CRESPO.   Hija, solamente puedo
seguirte con mis suspiros.   *(Llévanle.)*

ISABEL.   *(Dentro.)*
¡Ay de mí!

(Sale JUAN.*)*

JUAN.   ¡Qué triste voz!

CRESPO.   *(Dentro.)*
¡Ay de mí!

JUAN.   ¡Mortal gemido!
A la entrada de ese monte
cayó mi rocín conmigo,
veloz corriendo, y yo ciego
por la maleza le sigo.

Tristes voces a una parte,
y a otra míseros gemidos
escucho que no conozco,
porque llegan mal distintos.
Dos necesidades son
las que apellidan[36] a gritos
mi valor; y pues iguales
a mi parecer han sido,
y uno es hombre, otro mujer,
a seguir ésta me animo;
que así obedezco a mi padre
en dos cosas que me dijo:
«Reñir con buena ocasión,
y honrar la mujer», pues miro
que así honro a la mujer
y con buena ocasión riño.   *(Vase.)*

---

[36] *apellidan:* llaman.

JORNADA TERCERA

CUADRO I

(Sale ISABEL, *como llorando.)*

ISABEL.   Nunca amanezca a mis ojos
la luz hermosa del día,
porque a su sombra no tenga
vergüenza yo de mí misma.
¡Oh, tú, de tantas estrellas
primavera fugitiva,
no des lugar a la aurora,
que tu azul campaña pisa,
para que con risa y llanto
borre tu apacible vista,
o ya que ha de ser, que sea
con llanto, mas no con risa!
¡Dentente, oh mayor planeta,
más tiempo en la espuma fría
del mar! Deja que una vez
dilate la noche fría
su trémulo imperio; deja
que de tu deidad se diga,

atenta a mis ruegos, que es
voluntaria y no precisa.
¿Para qué quieres salir
a ver en la historia mía
la más enorme maldad,
la más fiera tiranía,
que en vergüenza de los hombres
quiere el cielo que se escriba?
Mas, ¡ay de mí!, que parece
que es fiera tu tiranía;
pues desde que te rogué
que te detuvieses, miran
mis ojos tu faz hermosa
descollarse por encima
de los montes. ¡Ay de mí,
que acosada y perseguida
de tantas penas, de tantas
ansias, de tantas impías
fortunas, contra mi honor
se han conjurado tus iras.
¿Qué he de hacer? ¿Dónde he de ir?
Si a mi casa determinan
volver mis erradas plantas,
será dar nueva mancilla
a un anciano padre mío,
que otro bien, otra alegría
no tuvo, sino mirarse
en la clara luna limpia
de mi honor, que hoy, ¡desdichado!,
tan torpe mancha le eclipsa.
Si dejo, por su respeto
y mi temor afligida,
de volver a casa, dejo
abierto el paso a que digan

que fui cómplice en mi infamia;
y ciega e inadvertida
vengo a hacer de la inocencia
acreedora a la malicia.
¡Qué mal hice, qué mal hice
de escaparme fugitiva
de mi hermano! ¿No valiera
más que su cólera altiva
me diera la muerte, cuando
llegó a ver la suerte mía?
Llamarle quiero, que vuelva
con saña más vengativa
y me dé muerte; confusas
voces el eco repita,
diciendo...

CRESPO.   *(Dentro.)* Vuelve a matarme;
serás piadoso homicida,
que no es piedad el dejar
a un desdichado con vida.

ISABEL.   ¿Qué voz es ésta, que mal
pronunciada y poco oída,
no se deja conocer?

CRESPO.   *(Dentro.)*
Dadme muerte, si os obliga
ser piadosos.

ISABEL.   ¡Cielos, cielos!
Otro la muerte apellida,
otro desdichado hay,
que hoy a pesar suyo viva.
Mas, ¿qué es lo que ven mis ojos?

(Descúbrese CRESPO *atado.)*

CRESPO.   Si piedades solicita

cualquiera que aqueste monte
temerosamente pisa,
llegue a dar muerte... Mas, ¡cielos!,
¿qué es lo que mis ojos miran?

ISABEL.   Atadas atrás las manos
a una rigurosa [1] encina...

CRESPO.   Enterneciendo los cielos
con las voces que apellida...

ISABEL.   ... mi padre está.

CRESPO.   ... mi hija viene.

ISABEL.   ¡Padre y señor!

CRESPO.   Hija mía,
llégate y quita estos lazos.

ISABEL.   No me atrevo; que si quitan
los lazos que te aprisionan,
una vez las manos mías,
no me atreveré, señor,
a contarte mis desdichas,
a referirte mis penas;
porque si una vez te miras
con manos y sin honor,
me darán muerte tus iras;
y quiero, antes que las veas,
referirte mis fatigas.

CRESPO.   Detente, Isabel, detente,
no prosigas; que desdichas,
Isabel, para contarlas,
no es menester referirlas [2].

ISABEL.   Hay muchas cosas que sepas,
y es forzoso que al decirlas,
tu valor se irrite y quieras

---

[1] *rigurosa:* puede también significar rugosa, áspera.
[2] *referirlas:* dar relación minuciosa.

vengarlas antes de oírlas.
Estaba anoche gozando
la seguridad tranquila,
que al abrigo de tus canas
mis años me prometían,
cuando aquellos embozados
traidores (que determinan
que lo que el honor defiende,
el atrevimiento rinda)
me robaron; bien así
como de los pechos quita
carnicero hambriento lobo
a la simple corderilla.
Aquel Capitán, aquel
huésped ingrato, que el día
primero introdujo en casa
tan nunca esperada cisma [3]
de traiciones y cautelas,
de pendencias y rencillas,
fue el primero que en sus brazos
me cogió, mientras le hacían
espaldas [4] otros traidores,
que en su bandera militan.
Aqueste, intrincado, oculto
monte, que está a la salida
del lugar, fue su sagrado;
¿cuándo de la tiranía
no son sagrados los montes?
Aquí ajena de mí misma
dos veces me miré, cuando
aún tu voz, que me seguía,

---

[3] *cisma:* discordia.
[4] *hacían espaldas:* protegían las espaldas.

me dejó, porque ya el viento,
a quien tus acentos fías,
con la distancia, por puntos [5]
adelgazándose iba;
de suerte, que las que eran
antes razones distintas,
no eran voces, sino ruido;
luego, en el viento esparcidas,
no eran ruido, sino ecos
de unas confusas noticias;
como aquel que oye un clarín,
que, cuando dél se retira,
le queda por mucho rato,
si no el ruido, la noticia.
El traidor, pues, en mirando
que ya nadie hay quien le siga,
que ya nadie hay que me ampare,
porque hasta la luna misma
ocultó entre pardas sombras,
o crüel o vengativa,
aquella, ¡ay de mí!, prestaba
luz que del sol participa,
pretendió, ¡ay de mí otra vez
y otras mil!, con fementidas
palabras, buscar disculpa
a su amor. ¿A quién no admira
querer de un instante a otro
hacer la ofensa caricia?
¡Mal haya el hombre, mal haya
el hombre que solicita
por fuerza ganar un alma,
pues no advierte, pues no mira

[5]   *por puntos:* gradualmente.

que las victorias de amor,
no hay trofeo en que consistan,
sino en granjear el cariño
de la hermosura que estiman!
Porque querer sin el alma
una hermosura ofendida,
es querer una belleza
hermosa, pero no viva.
¡Qué ruegos, qué sentimientos
ya de humilde, ya de altiva,
no le dije! Pero en vano,
pues (calle aquí la voz mía)
soberbio (enmudezca el llanto),
atrevido (el pecho gima),
descortés (lloren los ojos),
fiero (ensordezca la envidia),
tirano (falte el aliento),
osado (luto me vista),
y si lo que la voz yerra,
tal vez el acción explica,
de vergüenza cubro el rostro,
de empacho [6] lloro ofendida,
de rabia tuerzo las manos,
el pecho rompo de ira.
Entiende tú las acciones,
pues no hay voces que lo digan;
baste decir que a las quejas
de los vientos repetidas,
en que ya no pedía al cielo,
socorro, sino justicia,
salió el alba, y con el alba,
trayendo la luz por guía,

---

[6] *empacho:* turbación.

sentí ruido entre unas ramas.
Vuelvo a mirar quién sería,
y veo a mi hermano. ¡Ay, cielos!
¿Cuándo, cuándo, ¡ah suerte impía!,
llegaron a un desdichado
los favores con más prisa?
Él, a la dudosa luz,
que, si no alumbra, ilumina,
reconoce el daño, antes
que ninguno se le diga;
que son linces los pesares
que penetran con la vista.
Sin hablar palabra, saca
el acero que aquel día
le ceñiste; el Capitán
que el tardo socorro mira
en mi favor, contra el suyo
saca la blanca cuchilla.
Cierra [7] el uno con el otro;
éste repara [8], aquél tira;
y yo, en tanto que los dos
generosamente lidian,
viendo temerosa y triste
que mi hermano no sabía
si tenía culpa o no,
por no aventurar mi vida
en la disculpa, la espalda
vuelvo, y por la entretejida
maleza del monte huyo;
pero no con tanta prisa
que no hiciese de unas ramas

---

[7]   *cierra:* embiste, acomete; cfr. «¡Santiago, y cierra España!».
[8]   *repara:* detiene el golpe.

intrincadas celosías,
porque deseaba, señor,
saber lo mismo que huía.
A poco rato, mi hermano
dio al Capitán una herida;
cayó, quiso asegundarle [9],
cuando los que ya venían
buscando a su Capitán
en su venganza se incitan.
Quiere defenderse; pero
viendo que era una cuadrilla,
corre veloz; no le siguen,
porque todos determinan
más acudir al remedio
que a la venganza que incitan.
En brazos al Capitán
volvieron hacia la villa,
sin mirar en su delito;
que en las penas sucedidas,
acudir determinaron
primero a la más precisa.
Yo, pues, que atenta miraba
eslabonadas y asidas
unas ansias de otras ansias,
ciega, confusa y corrida [10],
discurrí, bajé, corrí,
sin luz, sin norte, sin guía,
monte, llano y espesura,
hasta que a tus pies rendida,
antes que me des la muerte
te he contado mis desdichas.

---

[9] *asegundarle:* darle una segunda herida, rematarle.
[10] *corrida:* avergonzada.

Agora que ya las sabes,
generosamente anima
contra mi vida el acero,
el valor contra mi vida;
que ya para que me mates,
aquestos lazos te quitan   *(Desátale.)*
mis manos; alguno dellos
mi cuello infeliz oprima.
Tu hija soy, sin honra estoy,
y tú libre; solicita
con mi muerte tu alabanza,
para que de ti se diga
que por dar vida a tu honor,
diste la muerte a tu hija.

CRESPO. Álzate, Isabel, del suelo;
no, no estés más de rodillas;
que a no haber estos sucesos
que atormenten y que persigan,
ociosas fueran las penas,
sin estimación las dichas.
Para los hombres se hicieron,
y es menester que se impriman
con valor dentro del pecho.
Isabel, vamos aprisa;
demos la vuelta a mi casa;
que este muchacho peligra,
y hemos menester hacer
diligencias exquisitas [11]
por saber dél y ponerle
en salvo.

ISABEL. *(Aparte.)* Fortuna mía,

---

[11] *exquisitas:* extraordinarias.

o mucha cordura, o mucha
cautela es ésta.

CRESPO.   Camina.
¡Vive Dios, que si la fuerza
y necesidad precisa
de curarse, hizo volver
al Capitán a la villa,
que pienso que le está bien
morirse de aquella herida,
por excusarse de otra
y otras mil!; que el ansia mía
no ha de parar hasta darle
la muerte. Ea, vamos, hija,
a nuestra casa.

(Sale el ESCRIBANO.*)*

ESCRIBANO.   ¡Oh, señor
Pedro Crespo! Dadme albricias.
CRESPO.   ¿Albricias? ¿De qué, Escribano?
ESCRIBANO. El Concejo aqueste día
os ha hecho alcalde, y tenéis
para estrena de justicia
dos grandes acciones hoy:
la primera, es la venida
del Rey, que estará hoy aquí,
o mañana en todo el día,
según dicen; es la otra,
que agora han traído a la villa
de secreto unos soldados
a curarse con gran prisa,
aquel Capitán que ayer
tuvo aquí su compañía.
Él no dice quién le hirió;

	pero si esto se averigua,
	será una gran causa.
CRESPO.	*(Aparte.)* (¡Cielos!
	¡Cuando vengarse imagina,
	me hace dueño de mi honor
	la vara de la justicia!
	¿Cómo podré delinquir
	yo, si en esta hora misma
	me ponen a mí por juez
	para que otros no delincan?
	Pero cosas como aquéstas
	no se ven con tanta prisa.)
	En extremo agradecido
	estoy a quien solicita
	honrarme.
ESCRIBANO.	Vení a la casa
	del Concejo, y recibida
	la posesión de la vara,
	haréis en la causa misma
	averiguaciones. *(Vase.)*
CRESPO.	Vamos.
	A tu casa te retira.
ISABEL.	¡Duélase el cielo de mí!
	Yo he de acompañarte.
CRESPO.	Hija,
	ya tenéis el padre alcalde;
	él os guardará justicia. *(Vanse.)*

CUADRO II

(Salen el CAPITÁN, *con banda* [12], *como herido, y el* SARGENTO.)

CAPITÁN.   Pues la herida no era nada,
               ¿por qué me hicisteis volver
               aquí?

SARGENTO.   ¿Quién pudo saber
               lo que era antes de curada?

CAPITÁN.   Ya la cura prevenida,
               hemos de considerar
               que no es bien aventurar
               hoy la vida por la herida.

SARGENTO.   ¿No fuera mucho peor
               que te hubieras desangrado?

CAPITÁN.   Puesto que ya estoy curado,
               detenernos será error.
               Vámonos antes que corra
               voz de que estamos aquí.
               ¿Están ahí los otros?

SARGENTO.   Sí.

CAPITÁN.   Pues la fuga nos socorra
               del riesgo destos villanos;
               que si se llega a saber
               que estoy aquí, habrá de ser
               fuerza apelar a las manos.

               (Sale REBOLLEDO.)

REBOLLEDO.   La justicia aquí se ha entrado.

CAPITÁN.   ¿Qué tiene que ver conmigo
               justicia ordinaria?

---

[12] *banda:* venda.

REBOLLEDO.   Digo
que agora hasta aquí ha llegado.

CAPITÁN.   Nada me puede a mí estar
mejor, llegando a saber
que estoy aquí, ¡y no temer
a la gente del lugar!
Que la justicia es forzoso
remitirme en esta tierra
a mi consejo de guerra;
con que, aunque el lance es penoso,
tengo mi seguridad.

ESCRIBANO.   Sin duda se ha querellado
el villano.

CAPITÁN.   Eso he pensado.

CRESPO.   *(Dentro.)*
Todas las puertad tomad,
y no me salga de aquí
soldado que aquí estuviere;
y al que salirse quisiere,
matadle.

CAPITÁN.   Pues ¿cómo así
entráis? *(Aparte.* Mas, ¿qué es lo que
                                    [veo?)

(Sale PEDRO CRESPO, *con vara, y los
que puedan.)*

CRESPO.   ¿Cómo no? A mi parecer,
la justicia, ¿Ha menester
más licencia?

CAPITÁN.   A lo que creo,
la justicia (cuando vos
de ayer acá lo seáis)
no tiene, si lo miráis,
que ver conmigo.

CRESPO.   Por Dios,
señor, que no os alteréis;
que sólo a una diligencia
vengo, con vuestra licencia,
aquí, y que solo os quedéis
importa.

CAPITÁN.   *(Al* SARGENTO *y a* REBOLLEDO.)
Salíos de aquí.

CRESPO.   *(A los labradores.)*
Salíos vosotros también.
(Aparte al ESCRIBANO.)
Con esos soldados ten
gran cuidado.

ESCRIBANO.   Harélo así.
(Vanse los labradores, el SARGENTO,
REBOLLEDO *y el* ESCRIBANO.)

CRESPO.   Ya que yo, como justicia,
me valí de su respeto
para obligaros a oírme,
la vara a esta parte dejo,
y como un hombre no más
deciros mis penas quiero.
                    (Arrima la vara.)
Y puesto que estamos solos,
señor don Álvaro, hablemos
más claramente los dos,
sin que tantos sentimientos
como vienen encerrados
en las cárceles del pecho
acierten a quebrantar
las prisiones del silencio.
Yo soy un hombre de bien,
que a escoger mi nacimiento

no dejara (es Dios testigo)
un escrúpulo, un defeto
en mí, que suplir pudiera
la ambición de mi deseo.
Siempre acá entre mis iguales
me he tratado con respeto;
de mí hacen estimación
el Cabildo y el Concejo.
Tengo muy bastante hacienda,
porque no hay, gracias al cielo,
otro labrador más rico
en todos aquestos pueblos
de la comarca; mi hija
se ha crïado, a lo que pienso,
con la mejor opinión,
virtud y recogimiento
del mundo; tal madre tuvo,
téngala Dios en el cielo.
Bien pienso que bastará,
señor, para abono desto,
el ser rico, y no haber quien
me murmure; ser modesto,
y no haber quien me baldone;
y mayormente viviendo
en un lugar corto [13], donde
otra falta no tenemos
más que decir unos de otros
las faltas y los defetos,
y ¡pluguiera a Dios, señor,
que se quedara en saberlos!
Si es muy hermosa mi hija,
díganlo vuestros extremos...

---

[13]   *corto:* pequeño.

Aunque pudiera, al decirlos,
con mayores sentimientos
llorar. Señor, ya esto fue
mi desdicha. No apuremos
toda la ponzoña al vaso;
quédese algo al sufrimiento.
No hemos de dejar, señor,
salirse con todo al tiempo;
algo hemos de hacer nosotros
para encubrir sus defetos.
Éste, ya veis si es bien grande;
pues aunque encubrirle quiero,
no puedo; que sabe Dios
que a poder estar secreto
y sepultado en mí mismo,
no viniera a lo que vengo;
que todo esto remitiera
por no hablar, al sufrimiento.
Deseando, pues, remediar
agravio tan manifiesto,
buscar remedio a mi afrenta,
es venganza, no es remedio;
y vagando de uno en otro,
uno solamente advierto,
que a mí me está bien, y a vos
no mal; y es, que desde luego
os toméis toda mi hacienda,
sin que para mi sustento
ni el de mi hijo (a quien yo
traeré a echar a los pies vuestros)
reserve un maravedí [14],

---

[14]   *maravedí:* moneda española de diferentes valores y califica-
tivos. A mediados del siglo XVII un real valía aproximadamente 34
maravedíes.

sino quedarnos pidiendo
limosna, cuando no haya
otro camino, otro medio,
con que poder sustentarnos.
Y si queréis desde luego
poner una ese y un clavo
hoy a los dos y vendernos,
será aquesta cantidad
más del dote que os ofrezco.
Restaurad una opinión
que habéis quitado. No creo
que desluzcáis vuestro honor,
porque los merecimientos
que vuestros hijos, señor,
perdieren por ser mis nietos,
ganarán con más ventaja,
señor, con ser hijos vuestros.
En Castilla, el refrán dice
que el caballo (y es lo cierto)
lleva la silla. Mirad   *(De rodillas.)*
que a vuestros pies os lo ruego
de rodillas y llorando
sobre estas canas, que el pecho,
viendo nieve y agua, piensa
que se me están derritiendo.
¿Qué os pido? Un honor os pido,
que me quitasteis vos mesmo;
y con ser mío, parece,
según os lo estoy pidiendo
con humildad, que no os pido
lo que es mío, sino vuestro.
Mirad que puedo tomarle
por mis manos, y no quiero,
sino que vos me le deis.

CAPITÁN.   Ya me falta el sufrimiento.
             Viejo cansado y prolijo,
             agradeced que no os doy
             la muerte a mis manos hoy,
             por vos y por vuestro hijo;
             porque quiero que debáis
             no andar con vos más crüel
             a la beldad de Isabel.
             Si vengar solicitáis
             por armas vuestra opinión,
             poco tengo que temer;
             si por justicia ha de ser,
             no tenéis jurisdicción.

CRESPO.   ¿Que, en fin, no os mueve mi llanto?

CAPITÁN.   Llantos no se han de creer
             de viejo, niño y mujer.

CRESPO.   ¿Que no pueda dolor tanto
             mereceros un consuelo?

CAPITÁN.   ¿Qué más consuelo queréis,
             pues con la vida volvéis?

CRESPO.   Mirad que echado en el suelo
             mi honor a voces os pido.

CAPITÁN.   ¡Qué enfado!

CRESPO.   Mirad que soy
             alcalde de Zalamea hoy.

CAPITÁN.   Sobre mí no habéis tenido
             jurisdicción; el consejo
             de guerra enviará por mí.

CRESPO.   ¿En eso os resolvéis?

CAPITÁN.   Sí,
             caduco y cansado viejo.

CRESPO.   ¿No hay remedio?

CAPITÁN.   El de callar
             es el mejor para vos.

CRESPO.   ¿No otro?
CAPITÁN.   No.
CRESPO.   Juro a Dios
que me lo habéis de pagar.
¡Hola!   (*Toma la vara.*)

(*Salen los villanos.*)

ESCRIBANO.   ¿Señor?
CAPITÁN.   (*Aparte.*)   ¿Qué querrán
estos villanos hacer?
ESCRIBANO.   ¿Qué es lo que manda?
CRESPO.   Prender
mando al señor Capitán.
CAPITÁN.   ¡Buenos son vuestros extremos!
Con un hombre como yo,
y en servicio del Rey, no
se puede hacer.
CRESPO.   Probaremos.
De aquí, si no es preso o muerto,
no saldréis.
CAPITÁN.   Yo os apercibo
que soy un Capitán vivo.
CRESPO.   ¿Soy yo acaso alcalde muerto?
Daos al instante a prisión.
CAPITÁN.   No me puedo defender;
fuerza es dejarme prender.
Al Rey desta sinrazón
me quejaré.
CRESPO.   Yo también
de esotra; y aun bien que está
cerca de aquí, y nos oirá
a los dos. Dejar es bien
esa espada.

CAPITÁN.   No es razón
                que...
CRESPO.   ¿Cómo no, si vais preso?
CAPITÁN.   Tratad con respeto...
CRESPO.   Eso
                está muy puesto en razón.
                Con respeto le llevad
                a las casas, en efeto,
                del Concejo; y con respeto
                un par de grillos[15] le echad
                y una cadena; y tened
                con respeto, gran cuidado
                que no hable a ningún soldado;
                y a esos dos también poned
                en la cárcel; que es razón,
                y aparte, porque después,
                con respeto, a todos tres
                les tomen la confesión.
                Y aquí, para entre los dos,
                si hallo harto paño[16] en efeto,
                con muchísimo respeto
                os he de ahorcar, juro a Dios.
                                    (Llévanle preso.)
CAPITÁN.   ¡Ah, villanos con poder!   (Vanse.)

                (Salen REBOLLEDO, la CHISPA y el
                ESCRIBANO.)

ESCRIBANO.   Este paje, este soldado
                son a los que mi cüidado

---

[15]   grillos: grilletes. Según el Diccionario de Autoridades un grillo «consiste en dos arcos de hierro en que se meten las piernas... Llámase así porque su ruido es semejante al canto de los grillos».
[16]   harto paño: motivos suficientes.

	sólo ha podido prender, que otro se puso en hüida.
CRESPO.	Este el pícaro es que canta; con un paso de garganta [17] no ha de hacer otro en su vida.
REBOLLEDO.	¿Pues qué delito es, señor, el cantar?
CRESPO.	Que es virtud siento, y tanto, que un instrumento tengo en que cantéis mejor. Resolveos a decir...
REBOLLEDO.	¿Qué?
CRESPO.	...cuanto anoche pasó...
REBOLLEDO.	Tu hija mejor que yo lo sabe.
CRESPO.	...o has de morir.
CHISPA.	Rebolledo, determina negarlo punto por punto; serás, si niegas, asunto para una jacarandina que cantaré.
CRESPO.	A vos despúes, ¿quién otra os ha de cantar?
CHISPA.	A mí no me pueden dar tormento.
CRESPO.	Sepamos, pues, ¿por qué?
CHISPA.	Esto es cosa asentada, y que no hay ley que tal mande.
CRESPO.	¿Qué causa tenéis?
CHISPA.	Bien grande.

---

[17] *paso de garganta:* modulación de la voz al cantar. Hay un juego de significados aquí, ya que cantar significa en germanía «confesar».

CRESPO.   Decid, ¿cuál?

CHISPA.   Estoy preñada.

CRESPO.   ¿Hay cosa más atrevida?
            Mas la cólera me inquieta.
            ¿No sois paje de jineta?

CHISPA.   No, señor, sino de brida [18].

CRESPO.   Resolveos a decir
            vuestros dichos.

CHISPA.   Sí, diremos
            aun más de lo que sabemos;
            que peor será morir.

CRESPO.   Eso excusará a los dos
            del tormento.

CHISPA.   Si es así,
            pues para cantar nací
            he de cantar, vive Dios.
            (Canta.)
            Tormento me quieren dar.

REBOLLEDO. *(Canta.)*
            ¿Y qué quieren darme a mí?

CRESPO.   ¿Qué hacéis?

CHISPA.   Templar desde aquí,
            pues que vamos a cantar.   *(Vanse.)*

CUADRO III

(Sale JUAN.*)*

JUAN.   Desde que al traidor herí
            en el monte, desde que

---

[18] *de brida:* Hay un juego de significados aquí al referirse
Chispa desvergonzadamente a las dos maneras de montar, «a la
jineta», con las piernas recogidas en los estribos, y «a la brida»,
con los estribos largos. Chispa alude con estas palabras al acto
sexual.

riñendo con él (porque
llegaron tantos) volví
la espalda, el monte he corrido,
la espesura he penetrado,
y a mi hermana no he encontrado.
En efeto, me he atrevido
a venirme hasta el lugar
y entrar dentro de mi casa,
donde todo lo que pasa
a mi padre he de contar.
Veré lo que me aconseja
que haga, ¡cielos!, en favor
de mi vida y de mi honor.

(Salen INÉS *e* ISABEL.*)*

INÉS.   Tanto sentimiento deja;
                  que vivir tan afligida
                  no es vivir, matarte es.
ISABEL.   ¿Pues quién te ha dicho, ¡ay Inés!,
                  que no aborrezco la vida?
JUAN.   Diré a mi padre... (*Aparte.* ¡Ay de mí!
                  ¿No es ésta Isabel? Es llano.
                  Pues ¿qué espero?)   *(Saca la daga.)*
INÉS.   ¡Primo!
ISABEL.   ¡Hermano!
                  ¿Qué intentas?
JUAN.   Vengar así
                  la ocasión en que hoy has puesto
                  mi vida y mi honor.
ISABEL.   Advierte...
JUAN.   ¡Tengo que darte la muerte,
                  viven los cielos!

(Sale CRESPO *con algunos villanos.)*

CRESPO.	¿Qué es esto?
JUAN.	Es satisfacer, señor,
	una injuria, y es vengar
	una ofensa y castigar...
CRESPO.	Basta, basta; que es error
	que os atreváis a venir...
JUAN.	¿Qué es lo que mirando estoy?
CRESPO.	... delante así de mí hoy,
	acabando ahora de herir
	en el monte a un capitán.
JUAN.	Señor, si le hice esa ofensa,
	que fue en honrada defensa
	de tu honor...
CRESPO.	Ea, basta, Juan.
	—Hola, llevadle también
	preso.
JUAN.	¿A tu hijo, señor,
	tratas con tanto rigor?
CRESPO.	Y aun a mi padre también
	con tal rigor le tratara.
	(Aparte. Aquesto es asegurar
	su vida, y han de pensar
	que es la justicia más rara
	del mundo.)
JUAN.	Escucha por qué,
	habiendo un traidor herido,
	a mi hermana he pretendido
	matar también.
CRESPO.	Ya lo sé;
	pero no basta sabello
	yo como yo; que ha de ser
	como alcalde, y he de hacer

información sobre ello.
Y hasta que conste qué culpa
te resulta del proceso,
tengo de tenerte preso.
(Aparte. Yo le hallaré la disculpa.)

JUAN.   Nadie entender solicita
tu fin, pues, sin honra ya,
prendes a quien te la da,
guardando a quien te la quita.

(Llévanle preso.)

CRESPO.   Isabel, entra a firmar
esta querella que has dado
contra aquel que te ha injuriado.

ISABEL.   ¿Tú, que quisiste ocultar
nuestra ofensa, eres agora
quien más trata publicarla?
Pues no consigues vengarla,
consigue el callarla ahora.

CRESPO.   No; ya que, como quisiera,
me quita esta obligación,
satisfacer mi opinión
ha de ser desta manera.*(Vase* ISABEL.)
Inés, pon ahí esa vara;
que pues por bien no ha querido
ver el caso concluido,
querrá por mal.

DON LOPE.   *(Dentro.)*   Para, para.

CRESPO.   ¿Qué es aquesto? ¿Quién, quién hoy
se apea en mi casa así?
Pero, ¿quién se ha entrado aquí?

(Salen DON LOPE *y soldados.)*

DON LOPE.   ¡Oh, Pedro Crespo! Yo soy;

que volviendo a este lugar
de la mitad del camino
(donde me trae, imagino,
un grandísimo pesar),
no era bien ir a apearme
a otra parte, siendo vos
tan mi amigo.

CRESPO.   Guárdeos Dios;
que siempre tratáis de honrarme.

DON LOPE.   Vuestro hijo no ha parecido
por allá.

CRESPO.   Presto sabréis
la ocasión; la que tenéis,
señor, de haberos venido,
me haced merced de contar;
que venís mortal, señor.

DON LOPE.   La desvergüenza es mayor
que se puede imaginar.
Es el mayor desatino
que ningún hombre intentó.
Un soldado me alcanzó
y me dijo en el camino...
Que estoy perdido, os confieso,
de cólera.

CRESPO.   Proseguí.

DON LOPE.   Que un alcaldillo de aquí
al Capitán tiene preso.
Y, ¡voto a Dios!, no he sentido
en toda aquesta jornada
esta pierna excomulgada,
si no es hoy, que me ha impedido
el haber antes llegado
donde el castigo le dé.
¡Voto a Jesucristo, que

	al grande desvergonzado a palos le he de matar!
CRESPO.	Pues habéis venido en balde, porque pienso que el alcalde no se los dejará dar.
DON LOPE.	Pues dárselos sin que deje dárselos.
CRESPO.	Malo lo veo; ni que haya en el mundo creo quien tan mal os aconseje. ¿Sabéis por qué le prendió?
DON LOPE.	No; mas sea lo que fuere, justicia la parte [19] espere de mí; que también sé yo degollar, si es necesario.
CRESPO.	Vos no debéis de alcanzar señor, lo que en un lugar es un alcalde ordinario.
DON LOPE.	¿Será más de un villanote?
CRESPO.	Un villanote será, que si cabezudo da en que ha de darle garrote, par Dios, se salga con ello.
DON LOPE.	No se saldrá tal, par Dios; y si por ventura vos, si sale o no, queréis vello, decid do vive o no.
CRESPO.	Bien cerca vive de aquí.
DON LOPE.	Pues a decirme vení quién es el alcalde.
CRESPO.	Yo.
DON LOPE.	¡Voto a Dios, que lo sospecho...!

---

[19] *parte:* litigante.

CRESPO.   ¡Voto a Dios, como os lo he dicho!
DON LOPE.   Pues, Crespo, lo dicho, dicho.
CRESPO.   Pues, señor, lo hecho, hecho.
DON LOPE.   Yo por el preso he venido,
               y a castigar este exceso.
CRESPO.   Yo acá le tengo preso
               por lo que acá ha sucedido.
DON LOPE.   ¿Vos sabéis que a servir pasa
               al Rey, y soy su juez yo?
CRESPO.   ¿Vos sabéis que me robó
               a mi hija de mi casa?
DON LOPE.   ¿Vos sabéis que mi valor
               dueño desta causa ha sido?
CRESPO.   ¿Vos sabéis cómo, atrevido,
               robó en un monte mi honor?
DON LOPE.   ¿Vos sabéis cuánto os prefiere
               el cargo que he gobernado?
CRESPO.   ¿Vos sabéis que le he rogado
               con la paz, y no la quiere?
DON LOPE.   Que os entráis, es bien se arguya,
               en otra jurisdicción.
CRESPO.   Él se me entró en mi opinión,
               sin ser jurisdicción suya.
DON LOPE.   Yo os sabré satisfacer
               obligándome a la paga.
CRESPO.   Jamás pedí a nadie que haga
               lo que yo me puedo hacer.
DON LOPE.   Yo me he de llevar el preso.
               Ya estoy en ello empeñado.
CRESPO.   Yo por acá he substanciado [20]
               el proceso.
DON LOPE.   ¿Qué es proceso?

_____

[20] *substanciado:* formado.

CRESPO.   Unos pliegos de papel
               que voy juntando, en razón
               de hacer la averiguación
               de la causa.

DON LOPE.   Iré por él
               a la cárcel.

CRESPO.   No embarazo
               que vais; sólo se repare,
               que hay orden que al que llegare
               le den un arcabuzazo.

DON LOPE.   Como a esas balas estoy
               enseñado yo a esperar...
               Mas no se ha de aventurar
               nada en el acción de hoy.
               —Hola, soldado, id volando,
               y a todas las compañías
               que alojadas estos días
               han estado y van marchando,
               decid que bien ordenadas
               lleguen aquí en escuadrones,
               con balas en los cañones
               y con las cuerdas caladas [21].

UN SOLDADO. No fue menester llamar
               la gente; que habiendo oído
               aquesto que ha sucedido,
               se han entrado en el lugar.

DON LOPE.   Pues, ¡voto a Dios!, que he de ver
               si me dan el preso o no.

CRESPO.   Pues, ¡voto a Dios!, que antes yo
               haré lo que se ha hacer. *(Éntranse.)*

---

[21]   *cuerdas caladas:* con las mechas del mosquete preparadas
para disparar.

CUADRO IV

(Tocan cajas y dicen dentro:)

DON LOPE.   Ésta es la cárcel, soldados,
adonde está el Capitán;
si no os le dan, al momento
poned fuego y la abrasad,
y si se pone en defensa,
el lugar, todo el lugar.

ESCRIBANO.   Ya, aunque rompan la cárcel,
no le darán libertad.

SOLDADOS.   Mueran aquestos villanos.

CRESPO.   ¿Que mueran? Pues qué, ¿no hay más?

DON LOPE.   Socorro les ha venido.
Romped la cárcel; llegad,
romped la puerta.

(Sale el REY, *todos se descubren, y*
DON LOPE *y* PEDRO CRESPO.*)*

REY.   ¿Qué es esto?
Pues, ¿desta manera estáis,
viniendo yo?

DON LOPE.   Ésta es, señor,
la mayor temeridad
de un villano, que vio el mundo,
y, ¡vive Dios!, que a no entrar
en el lugar tan aprisa,
señor, Vuestra Majestad,
que había de hallar luminarias [22]

---

[22]   *luminarias:* don Lope quiere decir que ya hubiese incenciado
Zalamea.

puestas por todo el lugar.

REY. ¿Qué ha sucedido?

DON LOPE.   Un alcalde
ha prendido un capitán,
y viniendo yo por él,
no le quieren entregar.

REY. ¿Quién es el alcalde?

CRESPO.   Yo.

REY. ¿Y qué disculpas me dais?

CRESPO. Este proceso, en que bien
probado el delito está,
digno de muerte, por ser
una doncella robar,
forzarla en un despoblado,
y no quererse casar
con ella, habiendo su padre
rogádole con la paz.

DON LOPE. Éste es el alcalde, y es
su padre.

CRESPO.   No importa en tal
caso, porque si un extraño
se viniera a querellar,
¿no habría de hacer justicia?
Sí; pues ¿qué más se me da
hacer por mi hija lo mismo
que hiciera por los demás?
Fuera de que, como he preso
un hijo mío, es verdad
que no escuchara a mi hija,
pues era la sangre igual.
Mírese si está bien hecha
la causa, miren si hay
quien diga que yo haya hecho
en ella alguna maldad,

si he inducido algún testigo,
si está escrito algo demás
de lo que he dicho, y entonces
me den muerte.

REY.   Bien está
sustanciado; pero vos
no tenéis autoridad
de ejecutar la sentencia
que toca a otro tribunal.
Allá hay justicia, y así
remitid el preso.

CRESPO.   Mal
podré, señor, remitirle;
porque como por acá
no hay más que sola una audiencia,
cualquier sentencia que hay,
la ejecuta ella, y así
ésta ejecutada está.

REY.   ¿Qué decís?
CRESPO.   Si no creéis
que es esto, señor, verdad,
volved los ojos, y vedlo.
Aquéste es el Capitán.

*(Aparece dado garrote, en una silla,
el* CAPITÁN.*)*

REY.   Pues ¿cómo así os atrevisteis...?
CRESPO.   Vos habéis dicho que está
bien dada aquesta sentencia:
luego esto no está hecho mal.
REY.   ¿El consejo no supiera
la sentencia ejecutar?
CRESPO.   Toda la justicia vuestra

es sólo un cuerpo no más;
si éste tiene muchas manos,
decid, ¿qué más se me da
matar con aquésta un hombre
que estotra había de matar?
Y ¿qué importa errar en lo menos
quien acertó lo de más?

REY.   Pues ya que aquesto sea así,
¿por qué, como a capitán
y caballero, no hicisteis
degollarle?

CRESPO.   ¿Eso dudáis?
Señor, como los hidalgos
viven tan bien por acá,
el verdugo que tenemos
no ha aprendido a degollar.
Y ésa es querella del muerto,
que toca a su autoridad,
y hasta que él mismo se queje,
no les toca a los demás,

REY.   Don Lope, aquesto ya es hecho.
Bien dada la muerte está;
que no importa errar lo menos
quien acertó lo de más.
Aquí no quede soldado
alguno, y haced marchar
con brevedad, que me importa
llegar presto a Portugal.
Vos, por alcalde perpetuo
de aquesta villa os quedad.

CRESPO.   Sólo vos a la justicia
tanto supierais honrar.

(Vase el REY *y el acompañamiento.)*

DON LOPE.	Agradeced al buen tiempo que llegó Su Majestad.
CRESPO.	Par Dios, aunque no llegara, no tenía remedio ya.
DON LOPE.	¿No fuera mejor hablarme, dando el preso, y remediar el honor de vuestra hija?
CRESPO.	Un convento tiene ya elegido y tiene esposo que no mira calidad.
DON LOPE.	Pues, dadme los demás presos.
CRESPO.	Al momento los sacad.

(Vase el ESCRIBANO. *Salen* REBOLLE-
DO *y la* CHISPA.*)*

DON LOPE.	Vuestro hijo falta, porque siendo mi soldado ya, no ha de quedar preso.
CRESPO.	Quiero también, señor, castigar el desacato que tuvo de herir a su capitán; que aunque es verdad que su honor a esto le pudo obligar, de otra manera pudiera.
DON LOPE.	Pedro Crespo, bien está. Llamadle.
CRESPO.	Ya él está aquí.

(Sale JUAN.*)*

JUAN.	Las plantas, señor, me dad; que a ser vuestro esclavo iré.

REBOLLEDO.   Yo no pienso ya cantar
               en mi vida.
CHISPA.   Pues yo sí,
               cuantas veces a mirar
               llegue el pasado instrumento.
CRESPO.   Con que fin el autor da
               a esta historia verdadera;
               los defetos perdonad.

TÍTULOS PUBLICADOS
EN COLECCIÓN AUSTRAL

Ramón del Valle-Inclán
1. **Luces de bohemia**
Edición de Alonso Zamora Vicente

Juan Vernet
2. **Mahoma**

Pío Baroja
3. **Zalacaín el aventurero**
Edición de Ricardo Senabre

Antonio Gala
4. **Séneca o el beneficio de la duda**
Prólogo de José María de Areilza y Javier Sádaba

Fernand Braudel
5. **El Mediterráneo**
Traducción de J. Ignacio San Martín

Gustavo Adolfo Bécquer
6. **Rimas y declaraciones poéticas**
Edición de Francisco López Estrada y María Teresa López García-Berdoy

Carlos Gómez Amat
7. **Notas para conciertos imaginarios**
Prólogo de Cristóbal Halffter

8. **Antología de los poetas del 27**
Selección e introducción de José Luis Cano

Arcipreste de Hita
9. **Libro de buen amor**
Introducción y notas de Nicasio Salvador

Antonio Buero Vallejo
10. **Historia de una escalera/Las meninas**
Introducción de Ricardo Doménech

Enrique Rojas
11. **El laberinto de la afectividad**

Anónimo
12. **Lazarillo de Tormes**
Edición de Víctor García de la Concha

José Ortega y Gasset
13. **La deshumanización del arte**
Prólogo de Valeriano Bozal

William Faulkner
14. **Santuario**
Introducción y notas de Javier Coy
Traducción de Lino Novás Calvo

Julien Green
15. **Naufragios**
Introducción de Rafael Conte
Traducción de Emma Calatayud

Charles Darwin
16. **El origen de las especies**
Edición de Jaume Josa
Traducción de Antonio de Zulueta

Joaquín Marco
17. **Literatura hispanoamericana: del modernismo a nuestros días**

Fernando Arrabal
18. **Teatro bufo (Róbame un billoncito/Apertura Orangután/Punk y punk y Colegram)**
Edición de Francisco Torres Monreal

Juan Rof Carballo
19. **Violencia y ternura**

Anónimo
20. **Cantar de Mio Cid**
Texto antiguo de Ramón Menéndez Pidal
Versión moderna de Alfonso Reyes
Introducción de Martín de Riquer

Don Juan Manuel
21. **El conde Lucanor**
Edición de María Jesús Lacarra

Platón
22. **Diálogos (Gorgias/Fedón/El banquete)**
Introducción de Carlos García Gual
Traducción de Luis Roig de Lluis

Gregorio Marañón
23. **Amiel**
Prólogo de Juan Rof Carballo

Angus Wilson
24. **La madurez de la Sra. Eliot**
Introducción y notas de Pilar Hidalgo
Traducción de Maribel de Juan

Emilia Pardo Bazán
25. **Insolación**
Introducción de Marina Mayoral

Federico García Lorca
26. **Bodas de sangre**
Introducción de Fernando Lázaro Carreter

Aristóteles
27. **Metafísica**
Edición de Miguel Candel
Traducción de Patricio de Azcárate

José Ortega y Gasset
28. **El tema de nuestro tiempo**
Introducción de Manuel Granell

Antonio Buero Vallejo
29. **Lázaro en el laberinto**
Edición de Mariano de Paco

Pedro Muñoz Seca
30. **La venganza de Don Mendo**
Prólogo de Alfonso Ussía

Calderón de la Barca
31. **La vida es sueño**
Edición de Evangelina Rodríguez Cuadros

José María García Escudero
32. **Los españoles de la conciliación**

Antonio Machado
33. **Poesías completas**
Edición de Manuel Alvar

Nathaniel Hawthorne
34. **La letra roja**
Prólogo de Jesús Aguirre, duque de Alba

Pío Baroja
35. **Las inquietudes de Shanti Andía**
Edición de Darío Villanueva

Gustavo Adolfo Bécquer
36. **Leyendas**
Edición de Francisco López Estrada y María Teresa López García-Berdoy

Ramón del Valle-Inclán
37. **Sonata de primavera y estío**
Introducción de Pere Gimferrer

Francisco Delicado
38. **La lozana andaluza**
Introducción de Ángel Chiclana

José Guillermo García Valdecasas
39. **El huésped del rector**

Felipe Trigo
40. **Jarrapellejos**
Edición de Ángel Martínez San Martín

Fray Luis de León
41. **Poesía completa. Escuela salmantina**
Edición e introducción de Ricardo Senabre

Francesco Petrarca
42. **Cancionero. Sonetos y canciones**
Traducción y prólogo de Ángel Crespo

Leopoldo Alas
43. **El Señor y lo demás, son cuentos**
Introducción de Gonzalo Sobejano

Juan Valera
44. **Pepita Jiménez**
Introducción de Andrés Amorós

Gabriel García Márquez
45. **El coronel no tiene quien le escriba**
Introducción de Joaquín Marco

José María Vaz Soto
46. **Despeñaperros**
Prólogo de Víctor Márquez Reviriego

Ignacio Sánchez Mejías
47. **Teatro**
Edición de Antonio Gallego Morell

Manuel Vázquez Montalbán
48. **Tres novelas ejemplares**
Introducción de Joaquín Marco

Ernesto Méndez Luengo
49. **Llanto por un lobo muerto**
Prólogo de Ramón Hernández

Calderón de la Barca
50. **El alcalde de Zalamea**
Edición de José María Ruano de la Haza